KB053502

길에게 묻다

길에게 묻다

첫판 1쇄 펴낸날 2009년 2월 9일

지은이 동길산
펴낸이 강수걸
펴낸곳 산지니
등록 2005년 2월 7일 제14-49호
주소 부산광역시 연제구 거제1동 1493-2 효정빌딩 601호
전화 051-504-7070 | **팩스** 051-507-7543
sanzini@sanzinibook.com
www.sanzinibook.com

ISBN 978-89-92235-57-0 03810
ⓒ 동길산

값 10,000원

* 이 도서의 국립중앙도서관 출판시도서목록(CIP)은 e-CIP 홈페이지
  (http://www.nl.go.kr/ecip)에서 이용하실 수 있습니다.
  (CIP 제어번호 : CIP 2009000320)

동길산 산문집

길
에게
묻다

산지니

길이 그립다
사람이 그립다

길은 두 가지 길이 있다. 가 본 길과 가 보지 않은 길. 모든 길은 그립다. 가 본 길은 가 봐서 그립고 가 보지 않은 길은 가 보지 않아서 그립다,

사람도 두 가지 사람이 있다. 만나 본 사람과 만나 보지 않은 사람. 모든 사람은 그립다. 만나 본 사람은 만나 봐서 그립고 만나 보지 않은 사람은 만나 보지 않아서 그립다.

길과 사람. 길은 사람이 있어서 길이고 사람은 길이 있어서 사람이다. 가 본 길과 만나 본 사람. 가 보지 않은 길과 만나 보지 않은 사람. 그들이 그립다. 길이 그립고 사람이 그립다.

2009년 봄 동길산

차례

제1부

제2부

제1부

들길은 바람이 불어서 들길이다.
트여서 들길이다. 후련해서 들길이다.

합천 밤마리 들길

맵다. 매운 길이다. 마늘밭을 따라서 걷는 길이다. 마늘밭 매운 내를 들이키면서 걷는 길이다. 얼얼하다. 마늘 한 쪽을 씹어도 입 안이 얼얼한데 마늘밭을 다 들이키며 걷는 길, 얼얼하다. 몸도 마음도 얼얼하다.

바람이 분다. 강바람이다. 칼바람이다. 매운 내가 걷힌다. 황사 같던 매운 내가 삽시에 물러간다. 봄물이 오른 나무가 흔들린다. 봄물이 오른 나뭇가지가 낭창낭창 흔들리고 길을 가는 사람, 흔들린다. 길을 품은 마을, 흔들린다.

밤이 맛있는 마을, 밤마리. 낯설면서 낯설지 않은 이름이다. 멀리 있으면서 가까이 있는 이름이다. 생밤을 깨물듯 콕 깨물고 싶은 이름이다. 생각만 해도 밤꽃 향기에 정신이 어찔해지는 이름이다. 생각만 해도 밤꽃 향기에 옷자락이 옷소매가 물드는 이름이다.

밤마리 들길에 강바람이 분다. 낙동강 강바람이다. 강바람을 따라 밤꽃 향기가 사방팔방에 퍼질 것 같은 밤마리 들길이 강바람에 흔들리고 밤꽃 향기에 어찔해진다. 나를 넘어뜨릴 것 같다. 나를 넘어뜨리고 해가 질 것 같다. 나를 넘어뜨리고 세상이 질 것 같다.

들길은 바람이 불어서 들길이다. 트여서 들길이다. 후련해서 들길이다. 흔들리면서 걸을망정 부딪치는 게 없어서 들길이다. 어찔해져서 걷다가 넘어지기는 할망정 그게 그렇게 남세스럽지 않아서 들길이다. 내어놓고 울 수 있어서 들길이고 내어놓고 웃을 수 있어서 들길이다.

밤마리는 광대 마을이다. 오광대 마을이다. 속에 있는 것을 속속들이 내어놓고 신명나는 춤판을 이끌던 오광대가 처음 전을 편 마을이 밤마리다. 밤마리 들길은 오광대가 놀던 들길이고 오광대가 놀던 마당이다. 할 말 못할 말 다 하고 놀던 해방구다.

오광대가 전을 펼 정도로 오광대는 큰 나루고 큰 장터다. 강을 따라 강바람을 따라 경상도 곳곳에서 전라도 곳곳에서 장꾼이 모여들면서 각설이패도 밤마리에 모여든다. 밤마리에서 이름을 얻고 틀을 갖춘 오광대는 다시 각지로 번진다.

오광대는 마른 들판에 붙은 불길처럼 번진다. 고성으로 번지고 통영으로 번진다. 진주로 번지고 마산으로 번진다. 동래로 번지고 수영으로 번진다. 각지로 번진 각설이 춤판을 낙동강 서쪽에서는 오광대라 부르고 동쪽에서는 들놀이, 야류라 부른다. 그래서 고성 통영 같은 곳에서는 오광대라 부르고 동래 수영 같은 곳에서는 야류라 부른다.

들놀이 오광대는 민초들 놀이다. 높은 데서 놀던 놀이가 아니라 낮은 데서 놀던 놀이다. 주단을 깔아놓고 놀던 놀이가 아니라 맨땅에서 박치기하며 놀던 놀이다. 그런 까닭에 오광대는 민초들 호응을 얻어 불길처럼 번진다. 민초들 지지를 받아 횃불처럼 타오른다. 오광대 들놀음에서 억눌렸던 욕망을 다스리고 오광대 들놀음에서 고단한 일상을 잠시나마 잊는다.

오광대는 나쁜 것에 대한 야유다. 잘못 된 것에 대한 할큄이다. 양반 아닌 양반의 가식을 나무라고 중 아닌 중의 위선을 꾸짖는다. 오광대에서 영노가 나오는 장면은 양반 풍자의 압권이다. 영노는 용이 되지 못한 이무기. 양반 백 명을 잡아먹으면 용이 된다. 영노와 양반이 말을 주고받는 장면이다.

영노 "난 구천에 사는 영노다. 양반을 아흔아홉 명 잡아먹고 이제 니 하나만 잡아먹으면 백을 채운다. 백을 채우면 하늘로 등천한다." 양반 "내는 양반이 아니다." 영노 "도포를 보니까 양반이다." 양반 "그럼 도포를 벗을란다."

양반은 체통을 벗어 던진다. 양반을 양반이게 한 체통을 벗어 던지고 비단옷마저 벗어 던진다. 기름진 주안상까지 대령한다. 결국은 몰아치는 칼바람 나무 이파리처럼 떨다가 영노 먹이가 된다. 구경꾼은 내남없이 박장대소하고 내남없이 속을 푼다.

가진 자 횡포가 심할수록 오광대가 풀어놓는 이야기는 직설적이다. 힘 있는 자 전횡에 치가 떨릴수록 구경꾼 박수소리는 드높다. 들길을 따라 오광대는 구석구석 퍼지고 강바람을 따라 방방곡곡 퍼진다. 구석구석 퍼지고 방방곡곡 퍼져 이 나라 이 땅 민초들이 하고 싶은 말을 대신 한다.

오광대가 놀던 들길은 부당한 권위를 받아들이지 않는 저항의 길이다. 누르면 누른 만큼 튕겨내는 용수철 같은 길이다. 뽑아내어도 뽑아내어도 싹을 틔우고 꽃을 피우는 풀뿌리 같은 길이다. 풀뿌리 같은 민초들이 속에 있는 것을 거침없이 풀어내는 길이다. 막힘없이 풀어내는 길이다. 불뚝성질의 길이다.

들길은 불뚝성질의 길이긴 해도 무른 길이다. 푹신한 길이다. 대들어 저항하는 길이 아니라 배꼽 잡게 웃기면서 저항하는 길이다. 멱살 잡고 저항하는 길이 아니라 맞다 맞다 동조하면서 저항하는 길이다. 웃고 떠들면서 한 시름 넘어가는 해학의 길이다. 너와 내가 하나 되는 공동체로 가는 길이다.

마늘밭에 쪼그리고 앉아 잡초를 뽑아내는 아낙에게 다가간다.

합천 초계 밤마리 들길 전경.

밤마리는 오광대 발상지이고 이 들길이 밤마리 오광대가 탈춤을 추며 놀던 곳이다.

부당한 권위를 거부하던 저항의 길이며 너와 내가 하나 되는 공동체의 길인 밤마리

들길을 따라서 들어선 마늘밭과 버들나무가 싱그럽다.

생각보다 젊다. 수더분하다. 마늘밭을 매던 시아버지가 작년에 돌아가시는 바람에 마산에서 이사 와 밭을 매고 있단다. 홍수가 지기 전에 홍수가 져서 마늘밭을 물밭으로 만들기 전에 마늘을 다 거둬들여야 하는데 일손이 달려서 걱정이란다.

"오광대요? 이사 온 지 얼마 안 돼 잘 모르는데요. 그래도 마을 여기저기에 오광대 장승이 있고 여기저기에 안내판이 있어 그런갑다 생각은 하고 있는데요. 오광대 탈 만드는 데도 있던데 거기 한번 가 보이소."

아낙 말대로 밤마리에는 여기저기에 장승이 있고 여기저기에 오광대 발상지임을 알리는 안내판이 있다. 탈 만드는 데도 있고 탈춤 노는 데도 있다. 밤마리는 마을 전체가 오광대이고 마을 전체가 춤판이다. 마을 전체가 술렁댄다. 마을 전체가 꿈틀댄다.

노인 둘, 담장에 기대 해바라기를 하고 있다. 자부심이 오지다. 찰지다.

"오광대는 밤마리가 최고 아인교. 밤마리가 없으면 오광대도 없었다 아인교. 우리 어릴 때 오광대 논다 하면 마을 전체가 잔치판 아인교. 들에서도 놀고 마을에서도 놀고 참 대단했지러."

강바람에 버들가지가 낭창댄다. 오광대 춤사위는 선이 굵어서 낭창대는 가지에 비할 바는 아니겠지만 내 생각에는 각설이패가 춤판을 벌이기 전에 몸을 푸는 것 같다. 양반을 조롱하고 희롱하는 말뚝이가 몸을 푸는 것 같고 불구를 딛고 일어서서 해방의 춤을 추는 문둥이가 몸을 푸는 것 같다.

　들길 한가운데에 나를 세운다. 내 몸이 낭창대고 내 마음이 낭창댄다. 나는 말뚝이인가 문둥이인가. 아니면 말뚝이가 놀리는 대상인가 여전히 불구인 문둥인가. 한가운데에 서서 내가 걸어온 길을 본다. 걸어갈 길을 본다. 걸어온 길도 걸어갈 길도 강바람에 흔들린다. 흔들리며 걸어온 길 흔들려도 걸어가야 할 길이다. 바람이 불자 마늘밭 매운 내가 하필이면 내가 서 있는 쪽으로만 불어닥친다.

창원 주남저수지 둑길

둑길이다. 비에 젖은 둑길이다. 비가 내는 소리에 젖은 둑길이다. 비에 젖은 제비꽃이 보인다. 비가 내는 소리에 젖은 제비꽃이 보인다. 비에 젖은 둑길이 제비꽃이 사람 발목을 붙잡는다. 비가 내는 소리에 젖은 둑길이 제비꽃이 사람 마음을 붙잡는다.

둑길은 불안하다. 발목을 붙잡고 마음을 붙잡는 둑길은 불안하다. 움직이는 것도 불안하고 움직이지 않는 것도 불안하다. 둑길은 앞으로 나아가는 길인가 옆으로 내려가는 길인가 가만히 바라보는 길인가.

주남저수지 둑길. 내로라하는 저수지답게 둑길, 길쭉하다. 아득하다. 아득해서 끝이 보이지 않는다. 사람 발걸음으로 둑길의 끝에

가 닿을지 싶다. 사람은 많아 봤자 아홉 명 열 명. 누구는 젖은 담배를 태우고 누구는 우산 밖으로 손을 내민다.

둑길 이쪽은 산에서 강에서 흘러든 물, 저쪽은 그 물을 받아내는 논. 둑길은 물과 논의 경계다. 물과 뭍의 경계다. 물과 뭍이 맞닥뜨리는 경계가 둑길이다. 둑길에 이르러 물은 멈추고 둑길에 이르러 뭍은 시작된다.

멈춤과 시작이 맞물린 둑길. 둑길에 와서 멈춤을 보고 둑길에 와서 시작을 본다. 멈춘 새를 보고 멈추었다가 날아가는 새를 본다. 시든 갈대를 보고 시든 갈대 아래에서 돋아나는 새순을 본다.

비에 젖은 둑길, 붉다. 황토다. 흙을 집어 손가락으로 비벼본다. 보드랍다. 보드라운 흙이 손가락 사이로 빠져나간다. 손바닥을 털고 비가 그친 하늘을 본다. 새가 두 마리 세 마리, 둑길 이쪽에서 저쪽으로 날아간다. 둑길에서 멀찍이 떨어진 논에 내려앉아 바닥에다 부리를 비벼댄다.

둑길은 경계다. 그러면서 길이다. 둑길은 이쪽과 저쪽을 나누는 경계이면서 이쪽과 저쪽을 이어주는 길이다. 둑길이 있기에 물은 모이고 둑길이 있기에 논은 바닥을 적신다. 어쩌면 둑길은, 경계라기보다는 길이다. 이쪽과 저쪽이 소통하는 통로다.

이쪽과 저쪽. 둑길은 이쪽과 저쪽이 하나로 이어짐을 보여준다. 따로 있어도 따로 있는 게 아님을 보여주고 달라도 다르지 않음을 보여준다. 이쪽과 저쪽 그 중간에 단지 문이 있을 따름이고 그 문은 굳게 닫힌 막무가내의 문이 아니라 언제든지 열리는 상생의 문임을 보여준다.

상생은 화해다. 상생은 화해를 거쳐서 얻어진다. 다른 서로가 다른 서로를 받아들이는 게 화해이고 다른 서로가 다른 서로를 적시는 게 상생이다. 서로 받아들이고 서로 적시는 것, 그것이 화해이다. 그것이 상생이다. 하루하루가 지금보다 막막하던 몇 년 전. 그래도 봄날은 온다는 심정으로 쓴 시가 「춘분」이다.

 밤낮의 길이가 같다는 춘분입니다 길던 밤이 내일부터 양보
하겠다며 낮과 화해하는 날입니다 해 질 무렵 못둑에 앉아 화
해 술상을 차립니다 내 생애의 밤과 낮도 화해하기를 바랍니다
밤이 양보해 낮이 못둑처럼 길어지기를 바랍니다

둑길에 앉아서 본다. 내가 멈춘 날들. 멈추어야 하던 날들. 움직이는 것도 불안하고 움직이지 않는 것도 불안하던 날들. 걸어온 날들은 보잘것없고 사람 발걸음으로 가 닿을지 싶던 걸어갈 날들. 둑길에 이르러 멈춘 물 같은 날들.

둑길에 이르러 멈춘 물 같은 날들. 막막하던 날들. 돌아가고 싶지 않은 날들이다. 두 번 다시 돌이키고 싶지 않은 날들이다. 하지만 어쨌거나 지금의 나를 있게 한 날들이다. 지금의 내가 좋든 싫든 나를 있게 한 날들이다. 이런 날이 있으면 저런 날도 있다는 걸

알아차리게 한 날들이고 좋다고 마냥 좋은 것만도 아니고 안 좋다고 마냥 안 좋은 것만도 아니라는 걸 알아차리게 한 날들이다. 나를 나이 들게 한 날들이다.

내로라하는 저수지답게 둑길 역사는 길다. 길쭉한 둑길만큼이나 길쭉하다. 원래 늪이던 여기에 둑길이 들어서고 저수지가 들어선 건 삼일독립운동 다음해. 넘치는 물을 제대로 가두려고 쌓은 둑길이 주남저수지 둑길이다. 저수지 저쪽 창원 동읍과 대산면 너른 논에 물을 제대로 대려고 만든 저수지가 주남저수지다.

농자가 천하지대본이던 이삼 세대 전만 하더라도 물을 가두고 대는 일, 치수야말로 농사의 대본이다. 천하의 대본이다. 물이 넘치면 물이 모자라면 농사가 무너지고 천하가 무너진다. 그러기에 저수지는 더욱 깊어 보이고 저수지 둑길은 더욱 높아 보인다. 물을 가두고 대는 일, 깊고 높아 보인다.

가두고 대는 일은, 가두고 놓아주는 일은 따지고 보면 전혀 다른 일이다. 극과 극이다. 전혀 다른 상극이 둑길을 가운데 두고 공존하고 있다. 둑길은 극과 극이 같이 있을 수 있음을 보여준다. 같을 수 있음을 보여준다. 그리하여 상극이 상생이 될 수 있음을 보여주고 전혀 다른 나와 전혀 다른 네가 사실은 같을 수 있음을 보여준다. 너와 내가 우리일 수 있음을 보여준다.

나아가서 둑길은 내 속에 나를 가두는 일도 내 속의 나를 놓아주는 일도 다르지 않다는 걸 보여준다. 가둬야 놓아지는 정리를 보여

주고 가둔 만큼 놓아지는 순리를 보여준다. 찰랑이는 물살에 부대껴 가며 보여준다. 둑길을 보고 있으면 둑길에 서 있으면 나를 멈추게 한 날들만큼 나를 놓아줄 날들도 있지 않나 싶다. 나를 가둔 날들만큼 논바닥을 적시게 할 날들이 언젠가는 있지 않나 싶다.

사진을 찍는 일행에게 다가간다. 동창 이후근이 사진기를 보여준다. 디카라서 좀 전에 찍은 장면을 재생한다. 맨눈으로 보는 것하고 화면으로 보는 것 하고는 딴판이다.

"사진은 결국 마음의 눈으로 사물을 다시 보는 거라고 생각해. 다르게 말하면 사물을 다시 해석하는 거지. 빛과 그림자도 적절하게 볼 줄 알아야 하고."

덧붙여 말한다. 움직이든 움직이지 않든 모든 사물에는 빛과 그림자가 있다고. 둑길 이쪽 저수지를 새삼 둘러보고 저쪽 논을 새삼 둘러본다. 그렇게 봐서 그런지 이쪽도 빛과 그림자이고 저쪽도 빛과 그림자이다. 빛과 그림자가 같이 있다. 희미하면 희미한 대로 짙으면 짙은 대로 빛과 그림자가 맞대어 있다. 상극이 맞대어 있으면서 저수지가 있게 하고 논이 있게 한다. 사물이 온전히 있게 한다.

해가 난다. 종일 온다던 비가 그치고 해가 난다. 아홉 명인가 열 명인가 하던 사람이 늘어나서 둑길이 북적댄다. 우산을 든 사람 대신에 젊은 부부가 유모차를 끌고 간다. 둑길 저쪽에서 둑길 이쪽으

주남저수지 인근에 있는 주남돌다리.

창원 동읍과 대산면을 잇는 다리다. 주남저수지는 동읍과 대산면 너른 논에

물을 제대로 대려고 1920년 조성한 저수지다.

로 새 두 마리 세 마리, 날아온다. 유모차에 탄 아이가 날아오는 새
를 보고서 "새! 새!" 손짓한다.

비도 그친 김에 둑길 끝까지 가 볼 작정으로 걸어간다. 만만하게
볼 거리는 아니지만 작정하고 가면 못 갈 거리도 아니다. 둑길 제
비꽃에 맺힌 방울방울 빗방울이 햇빛을 받아 반짝인다. 제비꽃을
손가락으로 퉁기면 빗방울이 둑길 너머 찻길 너머 논에까지 퉁겨
나갈 것만 같다. 논바닥까지 다 반짝일 것만 같다.

사천 선진리성 성길

성은 벽이다. 안과 밖을 나누는 벽이다. 벽을 사이에 두고 안
과 밖이 겨룬다. 반목한다. 안은 밖을 내치고 밖은 안을 노린다. 벽
을 사이에 두고 반목하는 안과 밖. 나를 사이에 두고 반목하는 내
안과 내 밖.

성벽을 따라서 난 바깥 길을 걷는다. 성벽은 낮고 짧다. 낮아서
성벽 안을 기웃거린다. 짧아서 얼마 걷지 않아 성벽은 끊긴다. 끊
기고 다시 이어진다. 끊기다 이어지고 끊기다 이어지면서 걷는
사람을 미로에 빠뜨린다. 어디가 안이고 어디가 밖인지 헷갈리게
한다.

사천 선진리성은 안이 밖 같고 밖이 안 같은 성이다. 바깥 길로

걸은 것 같은데 와서 보면 성 안이고 안길로 걸은 것 같은데 걸은 사람도 모르게 성 밖이다. 선진리성은 속 편한 성이다. 안이면 어떻고 밖이면 어떠냐고 통을 놓고서는 드러누운 성이다.

성을 닮아서 길도 드러누운 길이다. 걷는 사람을 드러눕게 하는 길이다. 풀밭 같은 길에 댓자로 드러눕게 하는 길이다. 댓자로 드러누워 눈을 감게 하는 길이다. 나를 내버려두게 하는 길이다. 내 안과 내 밖이 어떻게 돌아가든 안과 밖이 어떻게 치고받든 나를 내버려두게 하는 길이다.

다 같은 마음인 모양이다. 어떤 남녀는 풀밭에 드러눕고 어떤 남녀는 남자가 솔방울로 제기차기를 한다. 남자 윗도리를 받아든 여자는 재밌다고 깔깔거린다. 이렇게 사나 저렇게 사나 사람 사는 일 여기가 저긴데 복잡하게 생각할 게 무어 있냐는 듯 깔깔거린다.

"멍게도 한 접시 만 원, 해삼도 한 접시 만 원, 다 만 원!"

평상복으로 갈아입은 해녀 할머니는 깔깔거리는 소리를 놓치지 않는다. 성 아래 돌계단 길목에 평상을 갖다놓고 오고가는 상춘객을 놓치지 않는다. 이래도 한 접시 저래도 한 접시, 이렇게 들리기도 하고 이래도 한 세상 저래도 한 세상, 그렇게 들리기도 한다. 평상에 걸터앉는다. 접시가 수북하다.

"우리야 물질하고 사는 사람이 장삿속이 있겠능교. 그라고 봄날 한때만 장사하고 말지 평상시는 물질하고 안 사능교."

계단을 내려가면 바로 바다. 바닷물이 빠져나가는 물때라서 그런지 갯벌이 드러난다. 저 바다에서 굴도 따고 조개도 캐고 저 바다에서 아이들 학교까지 다 보냈단다. 저 바다에서 한 세상, 다 보냈단다. 소금기 묻은 소리가 들린다. 짠내 나는 소리가 바다에서 들려온다.

> 바다에서 나는 소리를 듣고 있으면
> 바다는 물이 있어서 바다가 아니라
> 소리가 있어서 바다라는 생각이 든다
> 물이 밀려가고 밀려와서 바다가 아니라
> 소리가 밀려가고 밀려와서 바다라는 생각이 든다
> 물 위에 사는 것과 물 아래 사는 것이
> 물이 만들어내는 경계를 헐어버리고
> 소리가 소리를 찾아가는 갯벌

내 안에서 소리가 부글부글 끓던 무렵에 쓴 시 첫 대목이다. 부글부글 끓던 소리를 주체하지 못해 쓴 연작시 가운데 하나다. 당시 심경이 엿보이는 구절이 있다. '속에 담아둔 소리를 바다에 대고 내지른다 속에 담아둔 소리를 나의 밖으로 내보낸다.' 소리를 속에 담아두는 일도 밖으로 내보내는 일도 사람을 피곤하게 한다. 사람을 지치게 한다. 어쩌랴. 그게 사람 사는 일이고 세상 사는 일인 것을. 그게 보통의 삶인 것을.

사천 선진리성 성길은 보통의 삶을 토닥거려 준다. 약하고 물렁할 수밖에 없는 보통사람 삶을 보듬어 주는 게 안이 밖 같고 밖이 안 같은 선진리성 성길이다. 속에 말을 담아두고 부글부글 끓는 일도 말을 꺼내 놓고 아차 후회하는 일도 그게 뭐 어떠냐고 드러눕게 하는 길. 안과 밖이 어떻게 돌아가든 어떻게 치고받든 나를 내버려 두게 하는 길. 그게 선진리성 성길이다.

선진리성에서는 바다가 발밑이다. 여느 산성처럼 높은 데서 먼 바다를 내려다보는 성이 아니라 낮은 데서 '가차운' 바다를 굽어보는 성이 선진리성이다. 바닷물이 출렁이는 성이다. 선진리의 선 자는 배 선 자. 바람이 불면 돛대가 펄럭일 것 같다. 성벽에 올라서서 돌멩이를 던지면 바닷물이 옷에 튈 것 같다.

선진리성 성길은 바다를 굽어보며 걷는 길이다. 출렁이며 걷는 길이다. 펄럭이며 걷는 길이다. 딴딴하게 굳은 줄 알은 가슴에 바닷물이 출렁이게 하고 주눅 들어 지내는 어깨 위로 돛대가 펄럭이게 하는 길이다. 가장 낮은 자리에서 가장 멀리 펼쳐진 망망대해. 지금 서 있는 자리가 아무리 낮아도 망망대해 저 바다보다는 낮지 않고 지금 서 있는 자리가 낮으면 낮을수록 올라갈 여지가 넓어진다는 위안을 받으며 걷는 길이다. 그 길에 꽃잎이 내려앉는다.

꽃잎은 평상에도 내려앉는다. 평상을 훔치는 해녀 머리에도 내려앉고 동동주를 따른 잔에도 내려앉는다. 동동 뜨는 꽃잎을 후후 불며 입술을 댄다. 멍게도 한 접시 만 원이고 해삼도 한 접시 만 원

선진리성 성길.

안이 밖 같고 밖이 안 같은 선진리성은 속 편한 성이다. 안이면 어떻고 밖이면 어떠냐고 통을 놓고서는 드러누운 성이다.

이지만 사람들은 시큰둥하다. 계단을 내려오는 사람은 이미 반술이 돼서 시큰둥하고 계단을 올라가는 사람은 구경이 먼저라서 시큰둥하다. 멍게 맛있네 해삼 맛있네 굴도 맛있네, 바람을 잡아 보지만 역부족이다. 해녀는 그런 내가 고마운 모양이다. 귀여운 모양이다. 초장도 듬뿍듬뿍 주고 물어보는 말에 대답도 시원시원하다.

"저기 보이는 저 바다가 보통 바단지 아나."

좀 친근해지는지 말을 슬슬슬 낮춘다. 목청을 슬슬슬 높인다.

"이순신 장군님이 왜놈들 무찌른 바다 아이가. 왜놈들이 바다에도 빠져 죽고 땅에서도 찔려 죽고 굉장했다 카데. 거북선도 저 바다에서 싸울 때 처음 나왔다 아이가."

목소리에 날이 선다. 뱃전을 때리는 물살이다. 뱃전을 때리고 다시 바다를 때리는 물살 소리다. 해녀가 하는 얘기는 임진왜란 때 여기 선진리성 앞바다를 요란하게 들쑤신 사천해전. 성길을 걸으면서 안내판에서 읽은 내용이라 영 모르쇠는 아니다. 맞장구를 친다.

"하모, 하모."

얘기도 얼큰하고 술도 얼큰하다. 상춘객은 해녀를 힐끔거리며 나를 힐끔거리며 지나간다. 해녀는 얘기 중간중간에 한 접시 만 원임을 빠뜨리지 않는다.

무슨 소리가 들린다. 밀려가는 소리 같기도 하고 밀려오는 소리 같기도 하다. 물 위에 사는 것이 내는 소리 같기도 하고 물 아래 사는 것이 내는 소리 같기도 하다. 나의 밖에서 나는 소리가 아니라 어쩌면 나의 안에서 나는 소리 같기도 하다. 소리는 들리다가 그치고 그치다가 다시 들린다. 소리도 성벽을 따라서 난 길을 걷고 있는 모양이다. 끊기다가 이어지는 길을 따라서 걷느라 그치다가 들리다가 그러는 모양이다.

꽃잎이 떨어진다. 소리가 나무를 건드릴 때마다 꽃잎은 떨어진다. 길을 걷는 소리가 길가 꽃나무 가지를 건드려서 꽃잎은 떨어진다. 내 속에 담아 둔 소리가 나한테서 어렵사리 어렵사리 필 꽃잎을 떨어뜨릴지도 모른다는 생각이 든다. 꽃잎이 피기 전에 소리를 내보내야겠다는 생각이 든다. 흰나비 같은 꽃잎이 봄하늘을 하늘하늘 날아다닌다.

삼천포 노산공원 돌나무길

돌계단 한 계단 돌계단 두 계단. 나무계단 한 계단 나무계단 두 계단. 삐걱댄다. 돌도 성하고 나무도 성한데 삐걱대는 소리가 난다. 삐걱대는 소리는 계단에서 나는 소리가 아니라 내가 그렇게 듣고 싶어서 나는 소리다. 내가 삐걱대서 나는 소리다.

삐걱대는 소리는 아귀가 맞지 않을 때 나는 소리다. 뭔가 짝이 맞지 않을 때 나는 소리다. 제자리에 있어야 할 것이 제자리에 있지 않을 때 나는 소리다. 어긋날 때 나는 소리다. 내가 어긋날 때 나는 소리다. 불화의 소리다.

공원으로 가는 계단길은 삐걱대는 길이다. 내가 삐걱댈 때 찾던 길이다. 삐걱대던 나를 더 삐걱대게 하던 길이다. 공원길은 잘 지내던 사람과 어긋나면서 찾던 길이고 잘 지내던 나와 어긋나면서 찾던 길이다. 나를 어느 자리에 둘지 몰라서 찾던 길이다. 불화의 길이다.

"젊은 양반도 소주 한 잔 하소."

노인은 앞에 놓인 잔을 털고 나에게 건넨다. 낡은 넥타이를 혁대 대용으로 허리춤에 두른 내가 안돼 보이는지 노인은 술도 권하고 안주도 권한다. 공원매점에 앉아 낮술을 기울이는 노인에게 말 붙인 게 빌미가 돼 꼼짝없이 붙잡힌다. 나는 노인에게 붙잡히고 노인은 나에게 붙잡혀 술잔이 오고 간다. 안주는 삶은 갑오징어 새끼다.

낮술은 삐걱대는 술이다. 빨리 취하는 술이다. 자기를 빨리 놓아버리는 술이다. 낮술은 낮술이라도 들이키지 않고는 버틸 재간이 없어서 들이키는 술이다. 나를 어디에 둘지 몰라서 들이키는 술이다. 불화의 술이다.

노인은 말을 맛깔스럽게 이어간다. 감칠맛이 난다. 묵은 맛이 난다. '젊은 양반'을 오래 붙잡아 두려는 꿍꿍이 같기도 하고 배려 같기도 하다. 올해 일흔 여섯 김판식 노인. 제주도에서 신병훈련을 받던 얘기도 하고 육십 년 넘게 삼천포 고기판장에서 경매일을 보던 얘기도 한다. 고기판장이 뭐냐고 되묻자 어판장이라고 고쳐 말한다. 노인이 어판장에서 사는 오천 원어치가 일반인이 사는 삼만 원어치보다 많다는 자랑도 보탠다.

　　풀밭에 바람이 날리듯이
　　남쪽바다에 햇살이 날리네.

　　바야흐로
　　갈매기 두어마리
　　無心끝에 날으고
　　돛단배 가물가물
　　먼나라로 갈 듯이 떴네.

　　오, 안스러운 것, 하얀 하얀 저것들,
　　어디까지 가서야 지치는 것이랴.
　　지쳐서는 돌아오는 것이랴.

　　　　　　　　　　　　　—박재삼 시 「한 風致」에서

　앉은 자리에서 하얀하얀 저것들이 보인다. 날아가는 것들. 돌아
오는 것들. 안쓰러운 것들. 오십에 다다른 지금 내 나이는 애매한
나이다. 지쳤다고 말하기도 지치지 않았다고 말하기도 어중간한
나이다. 날아가기도 그렇고 돌아오기도 그런 나이다. 나는 날아가
고 있는가 지쳐서 돌아오고 있는가.

오십에 다다른 나이는 애매하고 어중간한 나이다. 새롭게 시작하기도 애매하고 어중간하고 정리하기도 애매하고 어중간하다. 물에 물 탄 듯 술에 술 탄 듯 그렁저렁 지내기도 애매하고 어중간하다. 고민이 깊어지는 나이이고 나와 나를 둘러싼 여건들이 불화를 겪기 십상인 나이이다. 사정은 다를망정 불화를 겪지 않는 나이대는 또 어디 있으랴.

내가 겪은 불화를 생각한다. 잘 지내던 사람과의 불화 잘 지내던 나와의 불화. 딱히 무어라고 집어내지는 못하더라도 상대를 불편하게 하고 나를 불편하게 하던 사람과 사람 사이의 관계. 나와 나 사이의 관계. 내 안에서 잘못일 때도 있고 내 밖에서 잘못일 때도 있지만 누구 잘못을 떠나 불화는 사람과 사람을 격리시킨다. 나와 나를 격리시킨다.

"내야 알 수가 있나."

여기에 언제쯤 공원이 생겼냐고 노인에게 묻자 태어나기 전부터 있었다는 대답이다. 대답이 밋밋하다는 생각이 드는지 한국전쟁 때 여기 공원에서 사람이 많이 죽었다는 말을 덧붙인다. 유족들이 시신을 수습하기는 했지만 보도연맹 사람들을 즉결처분한 곳이 여기 공원이고 구덩이를 파서 묻은 곳이 여기 노산공원 풀밭이란다.

삐걱대는 소리가 들린다. 구덩이를 파는 삽질 소리 같기도 하고 사람이 쓰러지는 소리 같기도 하고 입을 틀어막고 울먹대는 곡소리 같기도 하다. 어느 소리나 하나같이 불화의 소리다. 삐걱대는 소리다. 낮술에 취하는 듯 노인은 얼굴이 불콰하다. 목소리, 불콰하다.

낮술은 빨리 취한다. 빨리 자기를 놓아 버린다. 노인은 노인을 놓아 버리고 노인에게 붙들려 일행을 놓친 나는 에라 될 대로 돼라, 나를 놓아 버린다. 마음은 편하다. 노인도 나도 곁눈질을 풀고 서로를 탐색하는 눈을 풀고 한 통속이 된다. 노인이 그렇제 하면 나는 그렇지요 화답한다.

불화의 술인 낮술은 불화를 다스리는 술이기도 하다. 자기를 놓아 버린 지점에서 네가 온전히 보이고 내가 온전히 보인다. 불화를 야기한 내 아집이 온전히 보인다. 낮술은 몸에 안 좋다는 처방도 이때만큼은 한쪽 귀로 흘린다. 불화를 거쳐서 네가 보이고 내가 보인다면 낮술도 괜찮은 술이지 않은가. 불화를 다스리고 나를 다스리는 미더운 술이지 않은가. 착한 술이지 않은가.

노산공원은 바다와 맞붙은 공원이다. 바닷물이 들이닥치고 바닷물이 돌아나가는 공원이다. 나를 노산공원으로 이끈 끈은 박재삼이다. 박재삼은 어린 시절을 이 공원에서 이 바다에서 보낸 시인이다. 박재삼이 기거하던 집터엔 김밥집이 들어서고 박재삼이 물놀이하던 바다는 매립돼 모텔이 들어섰을망정 노산공원은 곳곳이 박재삼이다. 곳곳이 박재삼 얼룩이다.

삼천포 노산공원 산책로.

바다와 맞붙은 노산공원은 시인 박재삼이 어린 시절을 보낸 곳이다.

노산공원은 평화롭다. 생전에 평화롭던 시인 얼굴을 옮겨 놓은 듯 평화롭다. 남자의 등을 긁어 주는 여인이 보이고 족구를 하는 청춘남녀가 보인다. 얼른 오라고 재촉하는 일행 전화를 두 번이나 받고서야 공원을 내려간다. 나무계단 한 계단 두 계단 돌계단 한 계단 두 계단. 삐걱대는 소리는 여전히 내 안에서 나지만 삐걱대면서 나는 제자리를 잡아 가리라. 삐걱대면서 제자리를 잡아 가는 가구처럼. 삐걱대면서 제자리를 잡아 가는 부부처럼.

마산 산호공원 '시의 거리'

"**아이코야**, 저 노을 봐라!"

일행이 느닷없이 탄사다. 일행이 가리키는 쪽을 쳐다본다.

　"아이코야, 그러네요."

　햇덩이다. 잘 익은 홍시다. 홍시가 무학산 능선에 떨어질락 말락 대롱거린다. 떨어지는 홍시를 받으려고 양손을 모아서 펼친 형상이 무학산 능선이다.

　산호공원은 양손을 모아서 펼친 무학산을 바라보는 공원이다. 햇덩이가 떨어지는 무학산 능선을 바라보며 애간장이 녹아내리는 공원이다. 공원에서 산 반대편으로 시선을 돌리면 선착장이 있던 구강 갯가. 아이들 돌팔매질에 홍시 같은 햇덩이가 풍덩풍덩 떨어지던 바다다. 가고파의 마산바다다.

산호공원이 있는 곳은 용마산. 임진왜란 때 쌓은 산성이 있어서 용마산성으로도 불린다. 인접한 학교 이름도 용마다. 산성 돌담은 허물어진 지 오래. 산성 대신에 공원이 들어서고 돌담 대신에 시가 새겨진 돌비가 들어서서 마산의 줄기를 이어간다. 마산의 뿌리를 뻗어 간다.

용마산은 무학산과 함께 구강 갯가와 함께 마산을 마산답게 하는 이름이다. 용마산 다른 이름인 산호공원은 마산에 사는 사람에게도 마산을 떠나 사는 사람에게도 발바닥을 콕콕 찌르는 산호 같은 공원이다. 물고기가 누비고 다니는 산호초 같은 공원이다.

공원 산책로를 걷는다. 돌비를 보며 걷는다. 나무에서 풍기는지 돌비에서 풍기는지 향이 진하다. 목향이랄지 문향이랄지 코가 맴맴거린다. 눈이 맴맴거린다. 돌비 시작은 권환이다. 아나키스트 시인 권환 옆자리는 「귀천」, 하늘로 돌아간 천상병 시인 천진한 동안이 난만한 동심이 옴폭옴폭 파인 돌비다.

권환도 천상병도 마산을 진하게 하는 향이다. 다음은 박재호. 일반인에겐 낯설겠지만 서울대 철학과를 중퇴한 인텔리 시인이다. 만남을 다룬, 헤어짐을 다룬 시 「간이역」을 만져본다. 간이역에서 선다. 이어서 정진업 「갈대」. 정진업은 부산일보 문화부장 재직 당시 용공기자로 몰려 옥고를 치른 시인이다. '흙의 시인'이다.

무언가 조용히

가슴 속을 흐르는 게 있다.

가느다란 여울이 되어 흐르는 것

이윽고 그것은 흐름을 멈추고 모인다.

이내 호수가 된다.

아담하고 정답고 부드러운 호수가 된다.

푸르름의 그늘이 진다.

잔무늬가 물살에 아롱거린다.

드디어 너, 아리따운 모습이 그 속에 비친다.

5월이 오면 호수가 되는 가슴

그 속에 언제나 너는 한 송이 꽃이 되어 방긋 피어난다.

정진업 다음은 김용호다. 마산에서 태어나 마산상고를 졸업한 마산사람 김용호의 「5월이 오면」이다. 질화로 같은 따뜻한 심성을 가진 시인이면서 일제 강점기이던 이십대에는 장시 「낙동강」을 쓴 비분강개의 시인이면서 "시시한 놈이 시를 쓰고 소소한 놈이 소설을 쓰고 수수한 사람이 수필을 쓴다"(이해주 수필 「눈 오는 밤에」 중에서)며 좌중을 웃기던 풍류의 시인이 김용호다.

돌비는 이어진다. 나무가 이어지듯 이어진다. 나무가 풍기는 향이 이어지듯 이어진다. 계단을 내려오는 네댓 명 학생이 김태홍 돌비를 보며 재잘댄다. 재잘대는 음성이 듣기에 좋다. 시처럼 들리기

마산 산호공원 돌계단.

산호공원은 산호 같은 공원이다. 산호에 발바닥이 찔리듯 지나간 것에 감성이 찔리고 잊고 지낸 것에 감성이 찔리는 공원이다.

도 하고 음악처럼 들리기도 한다. 말을 붙여 볼까 하다가 관둔다. 붙여 볼 말도 궁색하거니와 젊은 사람들 자리에 끼어들기가 머쓱하다. 눈치가 보인다.

창원에서 태어난 살매 김태홍은 '땀과 장미'의 시인이다. 부산고에서 국어를 가르치면서 국제신문 부산일보 논설위원을 지낸다. 황소라는 별명답게 과묵한 사람이지만 쓰는 글은 면도날이다. 면도날에 베인 자국이 아직도 도처에 남아 있다. 김주열 시신 보도 사진 옆에 시 「마산은!」을 실어 3 · 15 마산의거를 촉발시킨 한 장본인이 살매다.

돌비 임자는 하나같이 지나간 시인이다. 당대를 뜨겁게 살았지만 하나같이 잊고 지낸 시인이다. 지나간 시인이 잊고 지낸 시인이 돌비가 되어 죽비가 되어 나를 내려친다. 나를 후려친다. 기억의 짧음이여. 기억의 모자람이여. 그리고 기억의 자기중심이여.

산호공원은 돌비가 산호같이 돋아난 공원이다. 산호에 발바닥이 찔리듯 돌비에 감성이 찔리는 공원이다. 지나간 것에 잊고 지낸 것에 감성이 찔리는 공원이다. 지나간 것을 잊고 지낸 것을 어찌 다 들추어내랴만 그것들에 찔리면서 둘러보는 공원이다. 그것들에 찔리면서 나를 둘러보는 공원이다.

산호공원은 나를 찌르는 공원이다. 내가 밟은 것들에 찔리면서 내가 밟지 않은 것들에 찔리면서 감성의 피를 흘리는 공원이다. 감성이 빨개지는 공원이다. 낯짝이 빨개지는 공원이다. 그러고 보면 나는 남을 위해서 피 한 방울 흘려 본 적이 없는 것 같다. 내 손으로 꼬집어서 내 어금니로 깨물어서 내 몸에 피 한 톨 내어 본 적이 없는 것 같다. 산호공원은 나를 빨개지게 하는 공원이다.

일행은 숙연하다. 연만한 연세에도 불구하고 노을을 보며 아이 같은 탄사를 내지르던 일행은 숙연하다. 돌비를 보며 숙연하고 공원길을 걸으며 숙연하다. 연만한 연세만큼 더듬어 볼 뿌리도 길리라. 뻗어 나가면서 마주친 뿌리도 수백 수천이리라. 더듬어 볼 뿌리도 뻗어 나가면서 마주친 뿌리도 향은 진하고 일행은 숙연하다. 노을빛이다.

살아온 만큼의 뿌리가 나에게도 있으리라. 살아온 만큼 뻗어 나가면서 마주친 뿌리도 적지 않으리라. 상해서 말라 버린 뿌리도 있을 테고 마주친 것을 또는 마주치지 않은 것을 후회하는 뿌리도 있으리라. 뿌리를 생각하며 언젠가는 나도 숙연하리라. 지나간 것을 생각하며 잊고 지낸 것을 생각하며 노을빛에 잠기리라.

산성이면서 공원이면서 시의 거리인 산호공원. 마산을 지켜 낸 산성이면서 마산을 키워 낸 공원이면서 마산을 여물게 한 시의 거리인 산호공원. 사람은 저마다 산성이면서 공원이면서 시의 거리다. 나는 누구를 지켜 낸 산성이며 누구를 키워 낸 공원이며 누구를 여물게 한 시의 거리인가.

재잘대던 학생들이 모퉁이를 돌아간다. 사라져도 음성은 남아 공원이 재잘댄다. 바람에 쏠리는 나뭇잎이 덩달아 재잘대고 영문도 모르고 참새 무리가 재잘댄다. 참새는 흙바닥을 콕 쪼고는 폴짝 건너뛰고 콕 쪼고는 건너뛴다. 저러다가는 땅 속 나무뿌리까지 쪼아 댈 것 같다. 뿌리를 다치게 할 것 같다. 휘이휘이! 나는 달려가고 참새는 달아난다.

부산 영주동 시장통

시장통. 어감이 경쾌하다. 망치로 두드리면 깡통소리가 날 것 같다. 높은 데서 떨어뜨리면 통통통 굴러갈 것 같다. 영주동 시장통을 들었다 놓는다. 통통통 굴러가는 소리가 교회에서도 들리고 참기름집에서도 들리고 해산물을 파는 할매집에서도 들린다.

큰 시장통인지 작은 시장통인지는 굴러가는 소리를 들어보면 안다. 소리가 크게 들리면 큰 시장통이고 작게 들리면 작은 시장통이다. 멀리까지 들리면 큰 시장통이고 들리는 둥 마는 둥 들리면 작은 시장통이다.

영주동 시장통은 경사가 진 시장통이다. 평지에 있는 시장통과는 달리 구봉산 산자락을 이어받아 위에서 아래로 경사가 진 시장통이다. 보기에는 그저 그런 시장통이지만 경사를 따라서 굴러가기에 통통통 소리가 크게 들린다. 멀리까지 들린다. 굴러갈수록 가속도가 붙는다.

영주동 시장통은 영주동 사람들을 먹여 살리던 시장통이다. 영주아파트가 들어서기 전에도 들어서고 나서도 영주동을 먹여 살리던 시장통이다. 영주아파트는 부산 첫 대단지 아파트. 판자촌을 허문 자리에 대단지 시영아파트가 처음 들어설 정도로 영주동 '미어터지던' 사람들을 밥 먹여 살리던 시장통이다.

영주동 시장통은 사람이 사람을 밀고 다니던 시장통이다. 소리가 소리에 부딪쳐서 쩡쩡대던 시장통이다. 길 잃은 아이를 찾아서 아이 잃은 부모가 수소문하던 시장통이다. 영주동 시장통은 사람이 넘쳐나던 시장통이다. 소리가 넘쳐나던 시장통이다. 사연이 넘쳐나던 시장통이다.

최봉시 아지매가 이 자리에서 좌판을 펼친 지는 17년. 충무시장 부전시장에서 물건을 떼다가 아침나절부터 저녁 무렵까지 장바닥에 퍼질러 앉아 손님을 맞는다. 이름을 잘못 들어 봉실로 부르자 새 봉 때 시, 한 자 한 자에 힘을 준다. 자기주장이 확실탈지 맺고 끊는 게 확실탈지 오달진 인상을 준다. 남편은 5년째 중풍이다.

"어제는 구천 원 팔고 오늘은 아직 만 원밖에 못 팔았다 아이가."

철물점 골목 어귀에서 과일이랄지 채소랄지 좌판을 편 '아지매' 한테는 통통통 굴러가는 소리가 흘러간 노래다. 흘러간 왕년의 노래다. 올해 '겨우' 환갑이라지만 나이티가 더 난다. 할머니라 부르기도 어색하고 할머니라 부르지 않기도 어색하다.

"처음 시작할 때는 대박 났다 아이가. 사람들이 하도 많아 아침저녁으로 발 디딜 틈도 없었다 아이가. 하루 삼십만 원 파는 건 예사고 잘 되는 날은 칠십도 팔았다 아이가."

명절 때는 삼백만 원어치도 팔아 봤다고 아지매는 말꼬리를 치켜세운다. 요즘은 만 원어치도 근근이 팔고 있으니 부아가 치민다는 어투다.

말동무 삼아 곁에 앉아 있다는 팔십 할머니도 거든다. 두 시간 넘게 지켜보지만 사 가는 손님이 통 없단다. 시장을 찾는 사람 자체가 귀하다는 말도 곁들인다. 통통통 소리가 크게 들리고 멀리까지 들리던 영주동 시장통은 맥이 빠진 모습이다. 사람도 소리도 사연도 풀이 죽은 모습이다. 헐렁한 모습이다.

영주동 시장통.
사람이 넘쳐나고 소리가 넘쳐나고 사연이 넘쳐나던 영주동 시장통이 비어가고 있다. 비어가는 것은 마음을 무겁게 한다.

영주동 시장통이 헐렁하다. 햇볕을 가리는 차양막도 헐렁하고 비를 가리는 천막도 헐렁하다. 산바람이 불어와서는 헐렁헐렁 빠져나가고 골바람이 불어와서는 헐렁헐렁 빠져나간다. 차양막을 탱탱하게 펼치는 일도 천막을 잡아당겨서 주름을 펴는 일도 흥이 나지 않는다. 빠져나가는 바람인들 누가 붙잡아 두랴. 붙잡아서 속을 채우랴.

영주동 시장통이 비어 가고 있다. 공동화되고 있다. 중구청이 강조해 마지않는 원도심, 부산 원도심인 중구가 비어 가고 중구 영주동이 비어 가고 영주동 시장통이 비어 가고 있다. 살아가는 여건이 바뀌고 살아가는 방식이 바뀌어서 그런 걸 어떡하랴. 세상이 그렇게 바뀌어서 그런 걸 어떡하랴.

비어 가는 것은 마음을 오므리게 한다. 늘어나는 빈자리가 오므리게 하고 빈자리가 늘어나는데도 자리를 지키고 있는 것이 오므리게 한다. 비울 수밖에 없는 처지가 오므리게 하고 비울 수 없는 처지가 오므리게 한다. 오죽하면 비울까. 오죽하면 비우지 못할까. 영주동 시장통은 마음을 오므리게 하고 오므린 마음에 물이 고이게 한다. 착잡하게 한다.

비움도 비우지 못함도 다 그럴 만한 사정이 있다. 비울 만한 사정이 있어서 비우고 비우지 못할 만한 사정이 있어서 비우지 못한다. 비운다고 탓하고 비우지 못한다고 탓하랴. 다만 다 잘 되기를 바라는 마음이다. 어디에서 무엇을 하든 모두가 잘 되기를 바라는 마음이다.

사람에게도 빈자리가 있다. 비어서 물이 고이는 자리가 있다. 자리가 찼을 때는 모르다가도 비고 나서야 그 자리가 큰 자리였음을 알아차리게 하는 자리가 있다. 있을 때 잘해 줄 걸 입술을 깨무는 자리가 있다. 지금 남아 있는 자리도 언젠가는 빈자리이다. 큰 자리이고 내가 잘해 줘야 할 자리이고 네가 잘해 줘야 할 자리이다.

사람은 누구나 빈자리를 갖고 있다. 남아 있는 자리를 돌아보게 하는 빈자리를 갖고 있다. 빈자리를 앞에 두고 상심하는 사람에게 할 말은 아니지만 빈자리는 남아 있는 자리가 소중함을 깨닫게 한다. 빈자리는 빈자리가 주는 상심의 크기만큼 상실의 크기만큼 남아 있는 자리를 껴안게 한다.

영주동 시장통은 비어 가고 있는 것을 살피게 하는 시장통이다. 빈 것을 살피게 하는 시장통이다. 모두가 잘 살 수는 없겠지만 모두가 잘 되기를 살피게 하는 시장통이고 모두를 채울 수는 없겠지만 모두를 비우는 일이 없기를 살피게 하는 시장통이다. 나아가서는 비어야 채울 수 있음을 살피게 하는 시장통이다.

비어 있는 자리를 들여다본다. 바닥이 보인다. 바닥은 가장 아래이면서 가장 처음이다. 모든 처음은 바닥에서 비롯된다. 다시 시작하는 것도 바닥이다. 높은 건물도 바닥부터 짓고 밑바닥까지 가 본 사람만이 장사를 해도 죽기 살기로 한다. 비어 있는 자리는 모든 것을 받아들인다. 바닥은 모든 것을 받아들인다.

비는
위부터 적시지만
가장 많이 젖는 것은
바닥이다
피함도 없이
거부도 없이
모든 물기를 받아들인다
비에 젖지 않는 것은 없지만
바닥에 이르러 비로소 흥건히 젖는다
바닥은 늘 비어 있다

—동길산 시 「바닥1」

함안 말산 고분길

산이다. 동산이다. 내 놀던 옛동산이다. 같이 놀던 동무는 어디를 가고 잔디만 파릇하다. 잔디만 파릇하면 머 하노, 토박이말이 저절로 나온다. 꼬마 때 배인 말투가 저절로 나온다. 철이 순이 숙이, 같이 놀던 동무는 다 어디로 가고 눈물만 난다. 눈물만 난다.

까치는 겁이 없다. 겁도 없이 나를 빤히 쳐다본다. 산까치는 사람 기척이 들리면 멀찍이 달아나는데 여기 까치는 사람을 따라다닌다. 따라다니면서 눈을 동그랗게 뜨고 쳐다본다. 눈이 크면 겁이 많다는데 여기 사는 까치는 겁이 없다.

까치도 나만큼이나 심란한가. 나는 옛동산 주변을 서성대고 까치는 옛사람이 된 내 주변을 서성댄다. 내가 멈추면 까치도 멈춘다. 동산이 볼 때는 좀 그렇겠단 생각이 든다. 조용히 지내고 싶을 동산 입장에서 보면 나도 까치도 눈치가 없다. 눈치가 되게도 없다.

동산 이름은 끝 말 자를 써서 말산. 가야읍 말산리에 있는 산이기도 하다. 말산. 꼬랑지 산. 잘난 이름 놔두고 지지리도 못난 이름이다. 꼼수가 읽히는 이름이다. 더듬수가 읽히는 이름이다. 일제가 억지로 갖다 붙인 이름이지 싶다. 조선 사람을 깔보고 조선 산천을 깔보고 턱도 아니게 갖다 붙인 이름이지 싶다.

말산 원래 이름은 마리산. 머리산이란 뜻이다. 우두머리 산이란 뜻이다. 함안은 부르기에도 아련한 아라가야 왕들이 살던 곳. 왕들이 다스리던 아라가야 도읍지다. 왕들이 다스리던 곳이 함안이고 우두머리를 묻은 곳이 머리산이다. 마리산이다. 말산이다.

무덤은 봉긋하다. 둥글다. 둥근 무덤을 둥글게 돌아간다. 돌아가면 돌아오면 다시 그 자리. 무덤을 돌아보는 길은 사람의 생애를 돌아보는 길이다. 잘난 사람도 못난 사람도 돌아가면 돌아오면 다시 그 자리. 사람의 한 생애는 무엇인가 하는 물음을 던진다.

둥근 무덤은 마음을 둥글게 한다. 각을 세우지 않은 무덤은 마음에도 각을 세우지 않게 한다. 무덤을 돌아보는 길은 마음의 각을 누그러뜨리는 길이다. 마음을 갉아 대는 각을 누그러뜨려서 마음을 누그러뜨리고 사람을 누그러뜨리는 길이다.

함안 말산 고분군.

함안은 고대 아라가야 도읍지다. 말산은 아라가야 우두머리를 묻은 곳이다.

무덤이 둥근 이유는

사람 마음이 원래 둥글기 때문이다

모질게 살아야 살아남는 세상

숨기고 살아야 살아남는 세상

숨기고 산 마음을

원래 둥근 마음을

죽어서라도 내보이고 싶기 때문이다.

하고 싶은 대로 하고 지내는 것이 호사라서

마음을 숨기지 않고 지내는 것이

호사라면 호사라서

죽어서라도 호사 실컷 누리며 지내라고

무덤은 둥글다

물은 지 3년

심은 지 3년

무덤 그림자를 밟고서 꽃 피고 꽃 지는 꽃나무

무덤을 닮아서 꽃이 둥글다

    소설가 윤정규 선생 묘소를 다녀와서 쓴 시다. 「둥근 꽃」이다.
소설가 윤정규. 성품이 둥글어서 곁에 있는 사람을 미끄러지게 하
던 분이다. 누구라도 미끄러지게 하던 분이다. 술빚을 제법 진 편
인데 갚을 길 막막하다. 하고 싶은 대로 하고 사는 사람이 몇 되겠

나마는 내세의 삶은 무덤이 둥글듯이 꽃이 둥글듯이 부디 둥글기를 바라는 마음이다.

사람들이 보인다. 무덤을 돌아본 사람이 보이고 돌아볼 사람이 보인다. 혼자인 사람이 보이고 여럿인 사람이 보인다. 부부인 듯한 장년 두 쌍이 내가 서 있는 곳으로 온다. 내가 있는 곳은 무덤 위. 망자에 대한 예의는 아니지만 길을 걷다 보니 여기까지 온 셈이다. 길은 무덤 사이에도 있지만 무덤 위로도 나 있다.

무덤 위에서 보면 무덤이 다 보이고 읍내가 다 보인다. 남강 찰랑이는 물소리가 다 들리고 낙동강 꼬불꼬불 돌아가는 소리가 다 들리고 처녀 뱃사공 노 젓는 소리가 다 들린다. 막걸리 생각이 난다. 찰랑이는 물소리는 막걸리 따르는 소리로 들린다.

장년 두 쌍은 수다쟁이다. 무덤자리가 명당이라고 좌청룡 우백호를 들먹대는 사람이 있고 내가 이런 데 묻히면 아들딸 삼사 대는 발복하리라 너스레를 떠는 사람이 있다. 당신이 한 게 뭐 있다고 이런 데 묻혀요, 타박하는 소리가 들린다. 듣고 보니 내가 민망하다. 이런 높은 데 서 있는 내가 민망하다.

높은 자리는 민망하다. 내가 있을 자리가 아닌 것 같아서 민망하고 내가 있을 자리가 아닌 줄 알면서도 길이 있다고 무턱대고 올라와서 민망하다. 높은 데서 낮은 데를 보려던 심사가 민망하고 어차피 내려가야 할 자리인데 무슨 욕심으로 높은 자리를 넘봤는지 눈에 콩깍지가 씐 것 같아서 민망하다.

내려오는 길이 미끄럽다. 미끄러져 몸이 비칠댄다. 다행히 중심은 곧 잡았지만 미끄러운 만큼 신경이 쓰인다. 발목에 힘이 들어간다. 길은, 올라가는 길도 부담스럽고 내려오는 길도 부담스럽다. 길은, 평탄한 길이 낫다. 낮은 길을 간다고 부끄러울 건 없지 않은가. 낮아도 평탄한 길이 부담 없는 길이고 오래 가는 길이다.

길은 걸은 만큼 뻗어 간다. 걸은 만큼 멀어진다. 내가 걸어온 길을 본다. 시작한 곳이 보이지 않는다. 시작한 곳은 보이지 않고 보이는 길도 그나마 흐릿하다. 초심을 잃고 흐릿해진 길이다. 내가 걸어온 길을 되돌아 걷고 싶다. 시작한 곳으로 되돌아 걷고 싶다. 함안 고분길은 시작한 곳으로 돌아가는 길이다. 처음으로 돌아가는 길이다. 초심으로 돌아가는 길이다.

"나가요."

함안시장 귀퉁이에서 국수도 말아 팔고 막걸리도 받아 파는 아낙은 성씨를 묻자 대뜸 나가라고 한다.

"어디로 나가라고요?"

은근짜를 놓자 나씨라고 응수한다. 함안 토박이란다.

"함안은 물이 많은 고장 아닌교."

함안 자랑을 해 보시라니까 물을 꼽는다. 토박이는 토박인갑다.

함안은 물이 넘치고 물 피해가 넘치던 곳이다. 홍수에 시달리고 물난리에 시달리던 곳이다. 강에 둘러싸인 바람에 물이 넘치는 것도 그럴 수 있고 물난리에 시달린 것도 그럴 수 있다. 문제는 남쪽이 높고 북쪽이 낮은 지형이라서 물이 거꾸로 흐르는 역수. 임금이 계신 북쪽으로 물이 흐르는 불경스런 땅이고 불경스런 땅이라서 조정의 홀대를 받던 곳이다.

나씨 아낙은 작은 체구에 비해 강단진 인상이다. 식당 벽에는 산 정상을 배경으로 찍은 사진액자가 서넛 진열돼 있다.

"저건 화왕산이고요, 지금도 한 달에 두 번은 산악회 따라 산에 안 가능교."

산 정상을 예사로 오르내린다는 나씨 아낙처럼 함안 사람은 대체로 강단지다. 예고도 없이 들이닥치는 물을 이겨내어야 했고 물을 이겨내면서 강단이 몸에 익는다. 인상에 익는다.

국수 하나를 시키고 막걸리 두 통을 시키자 밑반찬은 세 가지나 내온다. 하나는 김치고 하나는 취나물인데 하나는 모르겠다. 잡나물이란다. 잡나물이란다. 향기는 취나물이 깊지만 비우기는 이것저것 섞은 잡나물을 금방 비운다. 풀들을 이것저것 뜯어서 소꿉놀이하던 옛동산에 그림자가 길어진다. 숙이 순이 철이, 그림자가 길어진다.

진주 경남수목원 침엽수길

뾰족하다. 이파리도 뾰족하고 이파리를 키운 나무도 뾰족하다. 뾰족하다. 나무와 나무를 옮겨 다니는 새. 새가 내민 부리도 뾰족하고 부리가 쪼아 대는 소리도 뾰족하다. 숲에 감도는 기운, 뾰족하다.

숨을 깊숙이 들이킨다. 심호흡한다. 숲에 감도는 기운이 몸 안에 퍼진다. 몸 안이 뾰족해진다. 뾰족해서 따끔거린다. 숨을 들이키면서 따끔거리고 들이킨 숨을 내쉬면서 따끔거린다. 숨을 들이키고 내쉬는 일, 따끔하다. 함부로 할 일이 아니다.

수목원. 사람이 나무를 키우고 나무가 사람을 키운다. 나무가 비켜 주면 길이 되고 사람이 비켜 주면 숲이 된다. 나무가 사람 같고 사람이 나무 같은 곳, 수목원. 서로가 키우면서 서로가 비켜 주면서 나무는 사람을 닮아 가고 사람은 나무를 닮아 간다. 나무도 사람도 닮아 간다.

수목원은 다양하다. 다냥하다. 다양한 나무와 다냥한 숲길이 수목원 이름값을 하게 한다. 키가 큰 나무. 더 큰 나무. 더 더 큰 나무. 볕이 잘 드는 숲길. 더 잘 드는 숲길. 더 더 잘 드는 숲길. 다양한 나무와 다냥한 숲길이 수목원을 짙게 한다. 수목원을 찾는 사람을 짙게 한다.

대학생쯤 되는 청년 둘이 수목원 지도가 그려진 안내판을 훑어본다. 어디로 올라가서 어디로 내려올지를 의논한다. 나도 저 나이에 저런 친구가 있었을 터이다. 어디로 올라가서 어디로 내려올지를 놓고 머리 맞대던 친구. 어떻게 살아갈지를 놓고 속을 터놓던 친구.

"침엽수 길요? 잘 모르겠는데요."

고개를 갸웃거리면서 전망대 쪽을 가리키기도 하고 무슨 건물 쪽을 가리키기도 한다. 청년 둘은 전망대 쪽으로 올라가고 나는 무슨 건물 쪽으로 올라간다. 무슨 건물은 무궁화 홍보관. 홍보관을 지나자 전망대가 나오고 거기서 둘을 만난다. 눈인사를 나누고는 무작정 걸어간다.

길은 사실 작정하고 나서게 마련이지만 길을 나서 보면 무작정이 되기 일쑤다. 이 길이 저 길 같고 저 길이 이 길 같아서 무작정이 되기 일쑤고 이 길이나 저 길이나 그게 그거라서 무작정이 되기 일쑤다. 길을 나서면 작정이 무작정이고 무작정이 작정이다. 누가 길에 얽매이랴. 길을 재촉하랴.

침엽수 길이다. 활엽수림을 지나 활엽수도 있고 침엽수도 있는 혼합림을 지나 침엽수 길이다. 이리 가다가 저리 가다가 하면서 맞닥뜨린 길이다. 오르막길을 걷다가 내리막길을 걷다가 맞닥뜨린 길이다. 무작정으로 걷다가 작정하고 걷다가 하면서 맞닥뜨린 뾰족한 길이다.

침엽수는 이파리가 뾰족한 나무다. 대개가 그렇다. 뾰족한 이파리로 햇빛을 받아들이고 숨을 내쉰다. 햇빛을 받아들이고 숨을 내쉬는 면적이 뾰족해서 좁아서 이파리가 넓적한 나무보다 더디게 자란다. 이파리가 넓적한 활엽수가 한 해가 다르게 자라는 반면에 답답할 정도로 더디게 자란다. 더디게 자라지만 속은 알차다. 속을 채우면서 다지면서 자란다.

침엽수는 대개가 사철나무다. 넓적하게 받아들이고 넓적하게 내쉬는 활엽수는 추워지면 나무가 이파리를 떨구어 내지만 좁게 받아들이고 좁게 내쉬는 침엽수 이파리는 나무가 떨구어 내지 않는다. 있는 듯 없는 듯 있어 나무가 겨울을 나는 데 지장이 되지 않는다. 한겨울에도 침엽수 이파리, 푸르다. 침엽수, 푸르다.

침엽수는 사람으로 치면 무던한 사람이다. 해가 바뀐다고 바뀌

경남수목원 침엽수길.

수목원은 나무가 사람 같고 사람이 나무 같은 곳이다. 나무가 비켜 주면 길이 되고
사람이 비켜 주면 숲이 된다.

는 사람이 아니다. 무던하면서 심지가 굳은 사람이다. 지킬 것은 지키는 사람이다. 말수가 적고 행동거지가 음전한 사람이다. 티를 내지 않는 사람이다. 없는 듯이 있어 더 챙겨 주고 싶은 사람이다. 더 보살피고 싶은 사람이다. 신경이 더 쓰이는 사람이다.

심호흡한다. 코로 들이쉬고 입으로 내쉰다. 코로 입으로 들이쉬고 코로 입으로 내쉬는 평상시 내가 활엽수라면 코로 들이쉬고 입으로 내쉬는 여기서 나는 침엽수다. 숲길을 걷는 잠시나마 나는 침엽수가 된다. 침엽수 고요 속으로 빨려든다.

멧새 두어 마리
옆나무 가지로 옮겨 갑니다
가슴 속 불빛을 안고
가볍게라는 말보다
더 가볍게

저 깃털같은 것이라 하여
고통이 없겠는가
생각했습니다

—이선형 시「침묵」에서

침엽수 길은 말이 필요 없는 길이다. 입을 다물고 숨을 들이키듯 말을 삼키며 걷는 길이다. 말을 삼킨 지점에서 깃털같이 가벼운 것이 내는 소리가 들린다. 가벼운 것이 뒤채는 고통이 들린다. 가벼운 것과 합일이 된다.

침엽수 길을 걸으며 내가 했던 말을 생각한다. 해야 했던 말을 생각하고 하지 말아야 했던 말을 생각한다. 생각나는 말은 그나마 다행이다. 생각나지 않는 말은 생각나는 말보다 수천 배나 수만 배나 많을 테고 아, 나는 얼마나 말이 많은가. 시간이 지나면 생각나지도 않을 말을 해 댔던 나는 얼마나 뾰족한가.

침엽수 길은 사람을 찌르는 길이다. 뾰족한 이파리로 사람이 했던 말을 찌르는 길이다. 했던 말에 콕콕 찔리면서 가는 길이다. 아야 아야 소리를 삼키면서 가는 길이다. 들이쉬고 내쉬는 숨조차 나를 따끔거리게 하는 것처럼 한마디 한마디 했던 말에 상처를 받으면서 가는 길이다. 주워 담지도 못할 말에 상처를 받으면서 가는 길이다.

말은 뾰족하다. 침엽수 이파리다. 말은 듣는 사람도 찌르고 하는 사람도 찌른다. 듣는 사람도 상처를 입고 하는 사람도 상처를 입는다. 상처만 따진다면 말을 하는 사람 상처가 더 깊다. 해야 했던 말에도 하지 말아야 했던 말에도 상처는 깊다. 생각나지 않는 말은 보이지 않는 상처를 남기고 보이지 않는 상처는 보이는 상처보다 깊다.

침엽수 길에 그림자가 짙어진다. 그림자를 보면 세상은 공평하단 생각이다. 이파리가 넓적한 나무가 만들어 내는 그림자도 이파리가 뾰족한 나무가 만들어 내는 그림자도 같다. 다 같은 그림자다. 그 그림자 안에 들면 너는 무엇이고 나는 무엇인가.

이파리에 손바닥을 대어 본다. 이파리를 쓰다듬는다. 기특하다. 이파리가 아무 짝에도 쓸모없을 성싶은 뾰족한 이파리가 얼마나 오랜 날들을 참고 견뎠으면 이리도 짙은 그림자를 만들어 내었을까. 보통이라도 되려는 바람이 얼마나 간절했으면 나무를 넘치고 하늘을 넘쳐 이리도 짙고 넓적한 그림자를 만들어 내었을까.

내 눈을 넘쳐
내 눈을 넘쳐
당신은 무한히 있으나
저어기 있군요
(내게 닿지 않네요)

오월 종달새는
한 때를 물고
당신 품 속을 날아가지만

그러나 내 머리는

당신에 젖어 있어요

내 손가락은

당신을 향해

자라고 있어요

—이선형 시 「넘치는 나무와 하늘」

'밀양'역 광장

도연. 누이 친구 같은 도연. 누이 친구를 마음에 담아 두고 두근
대는 심사를 아시는가. 누이를 시켜서 불러내고 불러내고서는 말
한 마디 붙이지 못하는 심사를 아시는가. 딴전 피우다 돌아서는 그
심사를 아시는가.

도연. 면전에서 못한 말이 나를 찌른다. 말로는 못한 말이 생가
시가 되어 나를 찔러 댄다. 가시에 찔린 부위가 부어오른다. 부어
올라 내 눈을 감기고 도연을 담아 둔 내 마음을 감긴다. 나는 눈멀
고 마음마저 먼다. 하지 못한 말이 나를 멀게 한다.

밀양을 걷는다. 도연이 머문 밀양을 걷는다. 햇볕 촘촘한 밀양이
아닌 햇볕 비밀스런 밀양을 걷는다. 햇볕이 촘촘하다 해서 밀양일

터인데 비밀의 햇볕이라. 처음엔 수긍하기 난감한 이름 풀이였지만 이제는 그게 편하다. 눈멀고 마음마저 먼 주제에 촘촘한 햇볕은 가당찮다.

비밀의 햇볕이라. 사실 얼른 맥이 잡히지 않는 말이다. 비밀이 가진 내밀함과 햇볕이 가진 드러냄이 상충되는 말이다. 앞뒤 장단이 맞지 않는 말이다. 하지만 햇볕 없는 사람살이가 없듯이 비밀 없는 사람살이 역시 없다. 사람살이 대목대목에 햇볕은 드리우고 햇볕이 드리우는 대목대목에 비밀은 도사린다. 햇볕이 있어 비밀이 비밀답고 비밀이 있어 햇볕이 햇볕답다.

걸음을 멈춘 곳은 밀양역 광장. 도연이 거리 선교를 하던 곳이다. 찬송하며 선교하던 곳이다. 도연이 서 있던 자리를 본다. 도연이 서 있던 자리에 선다. 도연을 따라다니던 남자처럼 나도 종교를 모른다. 나를 이 자리에 서도록 한 힘은 종교가 가진 힘이 아니라 사람이 가진 사랑의 힘이다. 사람이 사람에게 사람이고 싶은 사랑의 봉긋한 힘이다.

사랑은 힘이다. 사람이 가진 사랑은 양면을 가진 힘이다. 사람 마음을 불어터지게 하는 것도 불어터져서 막히는 마음에 숨통이 트이게 하는 것도 사랑이 가진 양면의 힘이다. 말 잘 하던 사람이 사랑 앞에 서면 말문이 얼어붙는 것도 말 못하던 사람이 사랑 앞에 서면 전혀 딴판이 되는 것도 사람이 가진 사랑의 양면이다.

역 광장은 뜨겁다. 매미 울음소리가 뜨겁고 볕이 뜨겁다. 땡볕이라서 광장을 가로질러 다니는 사람들 발걸음이 재다. 땡볕이 사람들을 몰아붙인다. 그러고 보니 알 것 같다. 비밀의 볕 '밀양'이 이야기한 것은 햇빛이 아니라 햇볕이란 것을. 햇빛을 쏟아내는 해를 우러러보는 이야기가 아니라 햇빛이 닿는 곳인 볕, 사람 사는 곳 이야기란 것을.

"사람 사는 곳은 다 똑같지요, 뭐."

도연을 따라다니던 남자가 한 말이다. 도연이 병원에서 퇴원하는 날 도연 동생을 차에 태우고 남자가 뜬금없이 내뱉은 말이 나에게 용기를 준다. 위안이 된다. 사람 사는 곳 별 다르랴. 나라고 별 다르랴. 눈멀고 마음 먼 게 나한테만 있는 일이랴. 나라고 해서 눈 뜨이고 마음 뜨이는 날이 왜 없으랴.

음악소리가 들린다. 음악소리는 대합실에서도 들리고 청년들이 광장에 설치한 확성기에서도 들린다. 청년들은 생음악이다. 백혈병에 걸리고 소아암에 걸린 어린이 돕기 기금조성 자선공연이다. 남자가 부르고 나면 여자가 부르고 여자가 부르고 나면 남자가 부른다. 매미 소리가 여름에 찬물을 뿌리듯 청년들 생음악이 달아오른 광장 바닥에 찬물을 뿌린다.

여자가 부른다. 가냘픈 여자가 가냘프게 부른다. "내게도 사랑이 사랑이 있었다면 그것은 오로지 당신뿐이라오." 노래 틈틈이

'한 아이 두 아이 세 아이 소중한 생명을 살려내자' 고 호소한다. 가냘픈 노래가 가냘픈 호소가 사람을 그냥은 지나치지 못하게 한다. 모금함에 들러서 가게 한다. 그때마다 여자는 감사합니다 감사합니다 고개를 숙인다.

사랑. 사랑은 대체로 과거이다. 사랑이 있었다고 대체로 말한다. 있었던 사랑을 그리워하며 있었던 사랑에 아파한다. 그러면서 있었던 사랑은 현재가 된다. 지나간 사랑도 현재이고 있었는지조차 몽롱한 옛사랑도 현재이다. 지나간 사랑이란 아예 없는지도 모른다. 그렇게 말하는 것일 뿐 그렇게 덮어 두려는 것일 뿐 사랑이란 사랑은 모두가 지금 현재이다.

사랑은 현재이다. 과거가 될 현재이다. 있었던 사랑은 과거이면서 현재이고 있는 사랑은 과거가 될 현재이다. 있었던 사랑도 있는 사랑도 지금 현재를 애틋하게 한다. 애달프게 한다. 도연. 도연은 그런 사람이 없으신가. 사랑한다 사랑한다 한 백 번쯤 되들려주고 싶은 사람. 과거이면서 현재이고 현재이면서 과거인 사랑은 없으신가.

기차가 들어온 기척이다. 광장이 활기를 띤다. 짝을 지은 남녀가 도연이 이곳에서 촬영했다는 안내판을 배경으로 사진을 찍는다. 안내판 하나는 도연이 역광을 배경으로 서 있는 포스터다. 남녀가 떠난 자리에 내가 선다.

"아는 사람이 아무도 없어 여기서 새로 시작할 거야."

그 여기에 내가 선다.

도연. 나에게도 그런 날이 있다. 아는 사람이 아무도 없는 곳에서 새로 시작하던 날. 아는 사람이 아무도 없는 골짝에 들어가 혼자 밥 먹고 혼자 잠자던 날들. 낫질을 할 줄 몰라 장작에 불을 붙일 줄 몰라 마당엔 잡초가 어른 배꼽 높이만큼 자라고 아궁이엔 거미줄이 쳐져 있던 도연 나이 무렵. 삼십대 한창때 나이인 나를 그렇게 몰아넣은 내가 못마땅하고 낫질에 베인 것 같은 상처를 준 내가 용서가 안 된다. 장작불 지피다가 데인 것 같은 상처를 나에게 준 내가 아직도 용서가 안 된다.

사랑에 '상처받은 영혼'이라서 오열하던 도연. 사람 사는 곳에서 받은 상처를 사람 사는 곳에서 씻어 내려던 도연. 용서하려던 도연. 사랑이 사람 사는 곳 일이라면 용서도 사람 사는 곳 일이다. 상처받은 내가 용서하지 않는데 나 아닌 남이 용서할 수 있느냐는 절규에 나는 동의한다. 나 아닌 남에게 용서를 구할 수 있느냐는 의문에도 동의한다. 사랑도 용서도 사람 사는 곳 일, 사람이 져야 할 짐이다. 사람의 몫이다.

매미 소리는 도돌이표다. 돌아가면서 운다. 한쪽에서 울다가 그칠 즈음이면 다른 쪽에서 운다. 비밀의 볕에 저녁이 오기 전에 저녁이 와서 볕을 거두어 가기 전에 내가 할 수 있는 일은 무엇인가. 없다. 고작 매미 소리를 모조리 담아 두는 정도다. 담아 두고

밀양역 광장 전경.

밀양은 볕이 촘촘하다 해서 밀양이고 비밀스런 볕이라 해서 밀양이다.

서 도연이 울 틈이 없도록 내가 하루 종일 촘촘하게 우는 일이다. 들리시는가 도연. 그치지 않고 우는 매미 소리가. 사랑한다 사랑한다 사랑한다 백 번도 넘게 천 번도 넘게 숨넘어가는 소리가.

태종대 등대길

수평선은 구름층이 두텁다. 뭉게구름이다. 뭉게뭉게 솜사탕이다. 혀를 갖다 대면 갖다 대는 족족 녹을 것 같다. 혀를 갖다 대고 돌리면 구름층은 녹고 솜사탕 속 막대기만 남을 것 같다. 막대기를 닮은 등대가 등불을 높이 들고서 거기 있음을 알릴 것 같다.

내 사람도 그랬으면 좋겠다. 등불을 높이 들고서 어디 있는지 알려 주면 좋겠다. 다가가도 다가가지 못하는 수평선처럼 다가가도 다가가지 못하는 사람아. 그렇다 하더라도 등불을 들고서 내 사람이 거기 있음을 알려 주면 좋겠다.

수평선은 완만하다. 둥글다. 지구가 둥글어서 둥글고 수평선을 바라보고 선 등대가 둥글어서 둥글다. 오래 바라본 부부가 닮듯 수평선은 등대를 닮아서 둥글고 등대는 수평선을 닮아서 둥글다.

남편을 닮고 아내를 닮은 사람들 부모를 닮고 사랑하는 사람을 닮은 사람들. 물가에 서서 등대를 바라보고 수평선을 바라본다. 바라보면서 등대를 닮아 간다. 수평선을 닮아 간다. 둥글어진다. 내 사람은 어디에서 나를 닮아 가는가. 둥글어지는가.

등대는 갈대다. 물가에서 키를 키운 갈대다. 갈대는 갈대를 불러 모은다. 불러 모아 함께 젖는다. 등대는 등대를 불러 모은다. 앞에 있는 등대는 주전자섬 등대고 왼편에는 오륙도 등대. 등대는 등대를 불러 모아 하나가 젖으면 다른 등대도 함께 젖는다. 물가에 서서 등대를 보는 사람, 함께 젖는다.

갈대가 통통한 건 물기가 빈속에 들어차서이다. 갈대가 휘청대면 물소리가 들린다. 물가에서 젖는 사람도 갈대다. 휘청대는 갈대다. 해풍에 휘청대고 해풍에 묻은 물기에 휘청댄다. 빈속에 물기가 찬 사람들. 휘청대면서 물소리를 내는 사람들. 내 사람은 어디에서 휘청대고 있는가. 물소리를 내고 있는가.

구름이 흐트러지는 것이

어찌 구름 잘못이겠습니까

구름이 흐트러지는 것을

어찌 잘못되었다고 하겠습니까

마음이 흐트러지는 것이

어찌 마음 잘못이겠습니까

마음이 흐트러지는 것을

어찌 잘못되었다고 하겠습니까

구름이 흐트러지게 하는 바람이여

마음이 흐트러지게 하는 사람이여

—동길산 시 「사랑」에서

    등대로 가는 길. 청색 적색 원형 조형물이 시선을 끈다. 공중을 찌를 것 같은 송곳 모양 조형물이 시선을 끈다. 원형 조형물은 역동하는 바다를 상징하고 송곳 조형물은 등대에서 나오는 빛을 상징한다고 안내판은 설명한다. 원형 바다는 한없이 돌면서 소멸하지 않고 빛은 한없이 가늘어지면서 소멸하지 않는다. 소멸하지 않는 것은 저리도 둥글다. 저리도 가늘다.

    등대 기둥을 만진다. 갈대 몸통을 닮아 미끈하다. 갈대를 안기가 뭐 하듯이 등대를 안기도 뭐 하지만 몸통이 미끈해서 안아 보는 것도 괜찮겠다 싶다. 안기는 것도 괜찮겠다 싶다. 등대 입구 동판에 새긴 문구가 자극적이다. '함께 한 100년! 희망의 불꽃!' 한 백 년쯤 폭 안겨서 함께 불꽃을 피우는 것도 괜찮겠다 싶다. 불꽃이 되는 것도 괜찮겠다 싶다.

    불꽃을 피우고 싶을 때가 있다. 불꽃이 되고 싶을 때가 있다. 불꽃을 피우고 불꽃이 되어서 눈에 넣어도 아프지 않을 사람을 비추고 싶을 때가 있다. 비춘다는 건 길을 열어 준다는 것이다. 내가 너를 비추는 것도 그렇고 네가 나를 비추는 것도 그렇다. 서로가 서로를 비추면서 길을 열어 준다. 길을 내어 준다.

배들이 오간다. 큰 배는 크게 돌아서 오가고 작은 배는 연안에 붙어서 오간다. 오가는 배가 밤에 갇히면 등대는 불꽃이 된다. 밤보다 어두운 안개에 갇히면 등대는 소리가 된다. 불꽃을 보며 소리를 들으며 배는 제 길을 간다. 신나지 않는가. 불꽃놀이에 정신이 팔린 바다. 모닥불 탁탁 튀는 소리에 정신이 팔린 바다.

집중하는 사람을 보면 부럽다. 집중해서 정신이 팔린 사람을 보면 부럽다. 그런 시절이 나에게도 분명 있을 터인데 그게 언제인지 까마득하다. 인제는 집중하려고 해도 집중이 잘 되지 않는다. 정신을 팔고 싶어도 그게 잘 되지 않는다. 그 시절로 돌아가고 싶다. 내 사람에게 집중하던 시절. 내 사람에게 정신이 팔린 시절.

아이들은 신난다. 등대 꼭대기 전망대에서 폴짝폴짝 뛴다. 정신이 팔려 폴짝폴짝 뛴다. 등대에 난생 처음 와 본다는 김태환(47세)씨 중학생이지 싶은 초등학생이지 싶은 두 아이다.

"생각보단 좀 그러네요."

등대가 있어 호젓한 어촌인 줄 알았는데 번잡한 관광지 같아서 생각과는 다르다는 김씨. 김씨 말처럼 등대는 호젓한 곳에 있어야 제격이지만 어떠랴. 마음속 호젓한 곳에 등대는 이미 자리 잡고 있

영도 태종대 등대.

등대가 비추는 불빛은 등대가 거기에 있음을 알리는 불빛이다. 내 사람도
등불을 높이 들고서 거기에 있음을 알려 주면 좋겠다. 다가가도 다가가지
못하는 수평선처럼 다가가도 다가가지 못하는 사람아.

는 것을.

마음속 호젓한 곳에 자리 잡은 등대. 등대지기. '생각하라. 저 등대를 지키는 사람의 거룩하고 아름다운 사랑의 마음을.' 등대지기를 허밍하며 등대지기 사랑의 마음을 허밍하며 내 사람에게 다가가던 날을 기억하는가. 엉덩이를 표시 안 나게 들이밀며 어깨끼리 맞닿던 날을 기억하는가. 등대는 사랑을 얻으면 세상 모든 것을 얻은 줄 알고 사랑을 잃으면 모든 것을 잃은 줄 알던 젊은 날 자화상이다. 젊은 날을 비추는 반사경이다.

배를 타고 가다가 보이지 않을 때까지 등대 불빛을 본 적이 있다. 등대가 비추는 불빛은 명멸하기에 다른 불빛과는 구별이 된다. 꺼지고 켜지기를 반복하기에 등대는 등대다. 늘 꺼져 있어도 등대가 아니지만 늘 켜져 있어도 등대가 아니다. 그런 면에서 우리 인생은 등대다. 늘 꺼져 있는 것도 아니고 늘 켜져 있는 것도 아닌 우리 인생. 실망할 것도 없고 들뜰 것도 없다. 지금 꺼져 있다고 해서 실망할 것도 아니고 지금 켜져 있다고 해서 들뜰 것도 아니다. 인생은 그래서 살아 볼 만하다. 지낼 만하다.

등대가 비추는 불빛은 바다를 비추는 불빛이 아니라 등대가 거기에 있음을 알리는 불빛이다. 거기에 있으니 어디로 갈지 마음을 정하라는 불빛이다. 작심하라는 불빛이다. 작심이 쉽지 않은 듯 사람들, 물가를 벗어나지 않는다. 물가에 서서 등대를 바라보고 수평선을 바라본다. 바라보는 사람들 앞에서 갈매기가 난다. 흰 등대를 닮은 흰 갈매기가 통통한 등대를 닮은 통통한 갈매기가 마음을 정하지 못한 사람들 앞에서 소리를 낸다. 모닥불이 탁탁 튀는 흰소리를 낸다.

하동포구 물길

물이다. 모래다. 물은 모래를 덮고 모래는 물을 덮는다. 서로가 서로를 덮으면서 서로가 서로에게 스며든다. 모래를 덮으면서 모래에게 스며드는 물. 물을 덮으면서 물에게 스며드는 모래.

주름이다. 물결도 모래결도 겹겹이 주름이다. 겹겹이 주름을 지으면서 물은 모래에게 스며들고 겹겹이 주름을 지으면서 모래는 물에게 스며든다. 하동포구에서는 물결이 모래결이고 모래결이 물결이다.

하동포구 팔십 리에 달이 뜰 때면
정한수 떠놓고 손 모아 빌던 밤에

부산 가신 우리 님은 똑딱선에 오시려나.

쌍계사의 인경소리 설기는 한데

하동포구 아가씨는 잠 못 들고 울고 있네.

정두수가 짓고 은방울자매가 부른 「하동포구 아가씨」다. 1960
년대 말 인기곡이다. 하동포구 팔십 리는 섬진강 화개나루에서 하
동읍을 거쳐 남해대교가 있는 노량바다까지 물길. 황포돛대 펄렁
이며 '똑딱선'이 다니던 물길이다. 떠난 님에게 스며들고 싶어 잠
못 들던 물길이다.

잠 못 드는 밤. 너를 생각하며 잠 못 드는 밤은 일 분 일 초가 나
를 찌르는 바늘이다. 일 분 일 초가 너에게 찔린 바늘자국이다. 하
동포구 물길은 너를 생각하며 잠 못 드는 밤이다. 너를 생각하며
잠 못 드는 일 분 일 초다. 바늘이다. 바늘자국이다. 하지만 얼마나
고마운가. 살아가면서 생각할 수 있는 네가 있다는 건. 생각하며
잠 못 드는 네가 있다는 건.

생각해 보면 너를 생각한 날보다는 나를 생각한 날이 더 많다.
훨씬 많다. 너를 생각하며 잠 못 든 날보다는 나를 생각하며 잠 못
든 날이 더 많다. 훨씬 많다. 그래서 미안하다. 너에게 미안하다.
미안한 마음에 바람이 분다.

하동포구 물길은 마음에 바람이 부는 날 찾는 물길이다. 마음에
바람이 불어 떠나지 않고는 배길 재간이 없는 날 찾는 물길이다.

바람이 배를 밀고 가듯 황포돛대를 밀고 가듯 내 속에서 오도 가도 못하고 동동거리는 배를 내 속에서 펄렁이는 황포돛대를 바람에게 내맡기고 싶은 날 찾는 물길이 하동포구 물길이다.

달이 갈수록 해가 갈수록 미안한 마음은 강물이 불어나듯 불어난다. 내 속에서 동동거리는 너여. 내 속에서 펄렁이는 너여. 강물에 실려 바람에 실려 나를 내맡기고 싶은 날. 나에게서 벗어나고 싶은 날. 하동포구 물길은 나를 내맡기고 나에게서 벗어나고 싶은 날의 나를 헹구며 유장하게 흘러가는 물길이다. 내가 너에게 스며들어 팔십 리를, 마음의 팔십 리를 헹구며 흘러가는 물길이다.

두루미 같은 새가 긴 발을 물에 담그고는 가만히 있다. 가만히 있다가는 부리로 물을 쫀다. 날개를 짧게 퍼덕여 옆자리로 옮기고서는 같은 동작을 또 한다. 먹을 만한 게 거기 모여서 꼼지락대는지 세 마리로 늘어난 새가 가만히 있다가는 물을 쪼고 가만히 있다가는 물을 쫀다. 물에 구멍이라도 낼 기세다. 물구멍을 내어서 꼼지락대는 건 잔챙이까지 잡아먹을 기세다.

"재첩은 많은데 참게는 잡히는 양이 줄어들고 있지요."

하동읍에서 화개 쪽으로 접어드는 초입. 초입에 자리 잡고 안사람이 재첩국도 팔고 참게탕도 파는 정대병(58세) 씨는 하동 토박이다. 섬진강 물이 1급수임을 힘주어 말하는 토박이고 줄어드는

물이 모래를 덮고 모래가 물을 덮는 하동 섬진강 물길.

하동포구 물길은 나에게서 벗어나고 싶은 날의 나를 행구며 유장하게 흘러가는 물길

이다. 내가 너에게 스며들어 흘러가는 물길이다.

강물을 아쉬워하는 토박이다.

정씨 말에 따르면 하동 사람 절반 약간 못 미치는 사람이 강 건너 마을에서 온 사람이다. 강 건너는 광양. 전라도 땅이다. 할머니가 강 건너 분인 사람이 적지 않다고 한다.

"지역감정요? 이전에는 그렇게 심하지 않았지요. 정치가 지역색을 띠면서 조장되었다고 봐야겠지요."

다리 하나를 사이에 둔 마을에서 지역감정이 있으랴 싶어서 넘겨짚은 말에 정색을 한다. 정색을 하고 지역감정을 나무란다. 하다못해 다리를 건너가고 건너오는 마라톤대회를 해도 두 지역 사람은 잘 섞이지 않는다고 한다. 물도 모래에 스며드는데 모래도 물에 스며드는데 지역감정이 다 무어랴. 토박이는 안타깝다. 명함을 주고받는다. 정씨는 한국미협 하동지부장이다. 서예가다.

물의 동쪽, 하동. 강의 동쪽 하동. 하동군청에서 나눠주는 관광안내도를 보면 하동은 물길의 고장이다. 꽃길의 고장이다. 물길을 따라서 꽃길을 따라서 하루를 이틀을 내던져 버리고 가는 길의 고장, 하동. 유년을 하동에서 보낸 동행은 입속말로 "헐빈하다, 헐빈하다"를 되뇐다. 넉넉하고 비어 있는 느낌을 말하는 하동 토박이 말이란다.

물뿐인 모래뿐인 새뿐인 하동 물길은 말 그대로 넉넉하다. 비어있다. 헐빈하다. 물뿐인 모래뿐인 새뿐인 물길에서 나는 무엇을 담아 가려는가. 무엇을 비우려는가. 담아 가려는 마음도 욕심이고 비우려는 마음도 욕심이다. 단지 바라볼 뿐. 단지 걸어갈 뿐. 물은 모래에게 스며들고 모래는 물에게 스며드는 하동포구 물길. 쌍계사 종소리가 물길을 노량바다 쪽으로 밀어내고 있다.

해운대 청사포 오솔길

버찌다. 익어서 까매진 버찌다. 까매지고 있는 버찌다. 가지를 당겨서 손에 닿는 버찌를 딴다. 단맛 같기도 하고 쓴맛 같기도 하다. 까매진 맛 같기도 하고 까매지고 있는 맛 같기도 하다.

뒷짐을 지고 걷는다. 뻐꾸기는 뻐꾹뻐꾹 운다. 뻐꾹뻐꾹 일곱 번인가 여덟 번인가를 울고는 쉬다가 운다. 바다가 내려다보이는 바위에 앉아 쉰다. 쉬다가 걷는다. 나한테는 뻐꾸기가 뻐꾸기지만 뻐꾸기한테는 걷다가 쉬고 쉬다가 걷는 내가 뻐꾸기다.

풀잎이 무릎께를 스친다. 나뭇잎이 어깨를 스친다. 스치는 것도 인연이다. 어디를 갔다 이제사 왔노. 들여다본다. 만지작거린다. 얇고 가벼운 풀잎이 얇고 가벼운 나뭇잎이 나를 스친 건 그럴 만한 곡절이 있을 게다. 스칠 만한 인연이 있을 게다.

풀잎을 본다. 나뭇잎을 본다. 어떤 잎은 마주 보며 나는 마주나기이고 어떤 잎은 어긋나며 나는 어긋나기이다. 마주나는 것도 어긋나는 것도 팔자소관이다. 운명이다. 내 운명은 마주나기인가 어긋나기인가.

꽃은 피는 것도 다르고 지는 것도 다르다. 핀 꽃이 있는가 하면 피고 있는 꽃이 있다. 진 꽃이 있는가 하면 지고 있는 꽃이 있다. 핀 꽃도 피고 있는 꽃도 사람을 멈추게 하고 진 꽃도 지고 있는 꽃도 사람을 멈추게 한다.

> 꽃이 다 진 아카시아 이파리를 만진다
> 꽃을 다 놓아주고 가벼워진 이파리를 만진다
> 이파리를 비추던 햇빛이 물러난다
> 이파리는 햇빛을 붙들지 않고
> 햇빛은 머문 흔적을 남기지 않는다
>
> —동길산 시 「아카시아」 앞부분

햇빛이 오솔길을 따박따박 누른다. 장맛비도 뚫지 못할 것 같은 빽빽한 숲을 용케 뚫고서 오솔길에 닿은 햇빛이다. 짐승 발바닥 같다. 햇빛이 닿은 자리에 내 발바닥을 포갠다. 햇빛이 슬며시 달아난다. 물러난다. 머문 흔적을 남기지 않고 자리를 뜬다.

파도소리가 밀려오고 밀려간다. 기차소리가 다가오고 멀어진다. 청사포 오솔길은 파도소리가 밀려오고 밀려가는 오솔길이다. 기차소리가 다가오고 멀어지는 오솔길이다. 소리가 소리를 부르는 오솔길이다. 소리가 소리를 풀어 주는 오솔길이다.

고요하다. 소리가 소리를 불러서 고요하고 소리가 소리를 풀어 줘서 고요하다. 진정한 고요는 소리 가운데에 있다. 소리가 없는 데서 고요가 찾아오는 것이 아니라 소리가 소리를 부르고 소리가 소리를 풀어 주는 그 찰나찰나에 고요는 찾아온다. 소리가 높을수록 고요는 낮다. 소리와 고요는 반비례한다.

오솔길을 걸으면 생각이 생각을 부르고 생각이 생각을 풀어 준다. 지나간 시간이 지나간 시간을 부르고 지나간 시간이 지나간 시간을 풀어 준다. 나에게 머문 너를 부르고 나에게 머문 너를 풀어 준다. 평온은 생각을 하지 않는 데서 찾아오는 것이 아니라 생각이 생각을 부르고 생각이 생각을 풀어 주는 그 찰나찰나에 평온은 찾아온다.

고요와 평온을 찾는 길, 오솔길. 고요와 평온은 격정을 치르고서야 찾아온다. 꽃이 피는 일도 나에게서 네가 피는 일도 격정이다. 풀이 나무가 꽃을 붙잡아 두는 일도 내가 너를 붙잡아 두는 일도 격정이다. 고요와 평온을 찾는 길목에 격정이 있다. 꽃이 있다. 네가 있다.

숲을 감싸는 고요가

그냥 얻어지는 것이 아니라

이파리가 꽃을 놓아주듯이

햇빛이 물러나듯이

놓아주고 물러나면서 얻어진다는 사실을

한때는 꽃이던 당신에게 말하고 싶다

꽃에 맺힌 이슬이던 당신에게 말하고 싶다

—「아카시아」 중간 부분

애벌레다. 연두색 애벌레가 길을 막는다. 실보다 가느다란 줄을
붙들고 머리올보다 가느다란 줄을 붙들고 나무에서 밑으로 내려
오며 길을 막는다. 나무에서만 지낸 애벌레는 나무가 답답하다. 갑
갑하다. 제 속에 있는 줄을 끄집어내어 저 조그만 몸에서 끄집어내
어 애벌레는 밑으로 밑으로 내려온다. 제 속에서 더 이상 끄집어낼
줄이 없을 때 더 이상 붙들 줄이 없을 때 애벌레는 날 수 있으리라.
비울 것을 다 비우고서야 놓을 것을 다 놓고서야 애벌레는 날아다
니리라.

코스모스는 철없다. 계절이 꽃을 무시해서 그런지는 몰라도 꽃
이 계절을 무시해서 그런지는 몰라도 인제 여름철인데 가을꽃, 철
없다. 철없이 제 속에 있는 꽃을 벌써부터 끄집어내어 길을 막는
다. 지나면서 쳐다보고 지나고 나서도 돌아본다. 보는 사람까지 철

없게 한다.

청설모는 귀만 쫑긋거리다 만다. 사람이 지나가도 별로 개의치 않는다. 높다란 솔가지에 자리 잡고 솔방울을 깐다. 이빨로 까고 앞발톱으로 깐다. 다 깠다 싶으면 솔방울을 앞발로 돌려놓고 또 깐다. 목덜미가 저리도록 쳐다보고 있어도 어쩌다가 사람 동정을 살필 뿐 솔방울 까는 일에 빠져 있다. 나는 나고 너는 너다, 그런 투다.

오솔길은 오솔길을 둘러싼 숲은 까탈스럽지 않다. 따지지 않는다. 나는 나고 너는 너다. 자기를 자기 방식으로 내보이는 대신 상대를 있는 그대로 받아들인다. 이래도 받아들이고 저래도 받아들인다. 오솔길은 오솔길을 둘러싼 숲은 이런 나도 받아들이고 저런 나도 받아들이며 자기를 내보인다.

뒷짐을 풀고 걷는다. 뒷짐을 지고 걸을 때보단 걸음이 아무래도 빨라진다. 땀을 좀 내는 것도 괜찮겠다 싶다. 땀을 내어서 내 몸이 풀잎처럼 나뭇잎처럼 얇아진다면 가벼워진다면 남들 한 발 걸을 때 두 발씩 세 발씩 걷는 것도 괜찮겠다 싶다. 내 몸을 만져 보면 지나치게 두껍다. 지나치게 무겁다. 쓸데없다. 나는 쓸데없이 두껍고 쓸데없이 무겁다.

발바닥을 포개자 슬며시 달아난 햇빛이 아예 숲을 떠나려고 한다. 익어 가는 버찌처럼 숲이 까매지려고 한다. 까매지기 직전에도 숲은 푸르고 작은 소리가 크게 들리면서 숲은 고요 속으로 몰입한

오솔길을 걸으면 생각이 생각을 부르고 생각이 생각을 풀어 준다. 지나간 시간이 지
나간 시간을 부르고 지나간 시간이 지나간 시간을 풀어 준다.

다. 푸른 고요 속으로 몰입하는 청사포 오솔길. 풀잎이 무릎께를 스친다. 나뭇잎이 어깨를 스친다.

이파리에 비하면 꽃은 얼마나 짧은가
햇빛에 비하면 이슬은 얼마나 짧은가
당신은 푸른 고요 속에 어른거리고
나는 꽃이 진 아카시아 이파리를 만지고 있다
꽃을 다 놓아주고 가벼워진 이파리를
놓아주지 못하고 있다

—「아카시아」 뒷부분

부산 이기대 해안길

야호다. 표정도 야호고 속내도 야호다. 야호다. 처음 온 사람도 야호고 두 번 세 번 온 사람도 야호다. 야호다. 일을 많이 해서 지친 사람도 야호고 일을 하고 싶어서 지친 사람도 야호다. 야호다. 살아온 날이 많은 사람도 야호고 살아갈 날이 많은 사람도 야호다.

일 년 삼백육십오 일. 삼백 날이 넘는 날 중에서 야호 하는 날이 몇 날이나 될까. 일이 잘 풀려서 야호 하고 자기도 모르게 야호 하는 날이 며칠이나 될까. 나도 야호 하고 너도 야호 하는 날이 과연 몇 날 며칠이나 될까.

감만동에서 온 선옥이 엄마도 야호다. 표정도 야호고 속내도 야호다. 선옥이 엄마는 이런 데가 있는 줄 모르고 지낸 사십대 중반

소띠다.

"부산 살아도 이런 데는 못 봤어예. 그저께 난생 처음 와 보고 오늘 또 왔어예."

처음 와서도 야호다. 두 번 세 번 와서도 야호다.

삼십대 쥐띠인 이병제씨는 공무원답게 점잖다. 점잖게 말하지만 야호이기는 마찬가지다.

"근사하네요. 바다와 산과 사람이 한데 어울려져 멋지네요."

뜸을 들이다가는 부산사람들 복 받았다는 말을 꺼낸다. 다음에 좋은 사람과 같이 오고 싶다고 한다. 그 말이나 야호나 같은 말이다.

길은 가면서 끊기고 가면서 끊긴다. 끊겨서 끊긴 게 아니라 길을 가는 사람 스스로 길을 끊는다. 길을 가다 말고 동굴로 들어가는 사람 길을 가다 말고 바닷물에 발을 담그는 사람 길을 가다 말고 자리를 펴는 사람. 길이 끊길 때마다 야호다. 길이 끊겨서 야호다. 길이 끊겨도 야호다.

야호다. 길이 끊겨도 야호다. 살 길이 막막해도 야호다. 가진 게 없어도 되는 게 없어도 야호다. 늘 잘 되기만 하랴. 늘 안 되기만 하랴. 이까짓 것 그까짓 것 마음먹기 나름인데 길이 끊겨도 야호다. 당장은 막막해도 야호다. 일을 많이 해서 지친 사람도 야호고 일을 하고 싶어서 지친 사람도 야호다.

울적해도 야호다. 마음이 천근만근 가라앉아도 야호다. 나를 걱

정하는 너를 봐서라도 너를 걱정하는 나를 봐서라도 야호다. 세상
만사가 뜻대로야 되겠냐만 이대로 주저앉을 수는 없지 않은가. 가
라앉을 수는 없지 않은가. 기분이 풀릴 때까지 야호다. 너를 봐서
라도 야호다. 나를 봐서라도 야호다.

> 해안선에 서 있어 보면 알지
> 해안선은 바닷물이 밀려와서 생기는 게 아니라
> 바닷물이 밀려가면서 생긴다는 걸
> 밀려오는 힘으로 생기는 게 아니라
> 힘이 빠져서 밀려가는 순간에 굽이굽이 생긴다는 걸.
>
> ―동길산 시 「해안선」에서

　마음이 허한 날. 마음에 구멍이 뚫린 날. 바다는 허한 마음에 구
멍이 뚫린 마음에 부채질을 해 댄다. 불을 끄는 게 아니라 불을 키
운다. 붙잡을 만한 끈도 없고 붙잡고 싶은 끈도 없다. 물러설 만한
곳도 없고 물러서고 싶은 곳도 없다. 발을 담그는 순간에 그 순간
에 나를 붙잡던 해안선. 나를 세우던 해안선.
　해안선은 막다른 지점이면서 맞닿은 지점이다. 바다와 육지가
막다른 지점이면서 바다와 육지가 맞닿은 지점이다. 막다른 지점
이 맞닿은 지점이듯이 절망에서 희망이 나온다. 아무 것도 할 수
없다는 지극한 절망에서 무엇이든 해 보자는 지극한 희망이 나온

다. 무엇이든 할 수 있다는 긍정이 나오고 무엇이든 감당할 수 있
다는 뱃심이 나온다.

엄살이다. 엄살이다. 물이 차다는 것도 엄살이고 물이 탁하다는
것도 엄살이다. 물속에 있어 보라. 물속을 들여다보라. 따뜻한 물
보다 따뜻한 물이 찬 물이고 깨끗한 물보다 깨끗한 물이 해조류 떠
다니는 탁한 물이다. 낯간지러운 엄살은 떨쳐 내고 낯 뜨거운 엄살
은 떨쳐 내고 야호다. 너에게 들리도록 나에게 들리도록 야호다.

갯바위에서는 낚시꾼이 붐빈다. 낚싯대가 휘어진다. 휘어진다
고 해서 고기가 낚인 건 아니다. 바늘이 걸려 낚싯줄을 끊어 먹는
경우도 있고 귀찮기만 한 불가사리를 올리는 경우도 있고 미끼만
날리는 경우도 있다. 흔한 일이다. 낚시를 하는 사람이라면 누구나
겪는 일이다.

누구나 겪는 일이기에 흔한 일이기에 구시렁거릴 일도 아니다.
채비를 손봐 바다에 던져 넣으면 그만이다. 내가 겪는 일도 그렇
다. 나만 겪는 일이라면 나한테만 일어나는 일이라면 억울해서 어
찌 견디랴. 내가 겪는 일이라면 남도 겪는 일이고 나도 남도 겪는
일이라면 모두가 겪는 일이다. 모두가 겪는 일이기에 구시렁거릴
일이 아니다.

젊은 부부는 사진 찍기에 바쁘다. 새댁은 새댁대로 사진 찍기에
바쁘고 신랑은 신랑대로 사진 찍기에 바쁘다. 유모차를 탄 아가가
보챈다. 새댁이 달려와 유모차를 살피고 신랑은 유모차 휘장을 들

용호동 이기대 해안길.

길은 자주 끊긴다. 길이 끊겨서 끊긴 게 아니라 길을 가는 사람 스스로 길을 끊는다. 길
이 끊길 때마다 사람은 야호다. 처음 온 사람도 야호고 두 번 세 번 온 사람도 야호다.

춰 아가를 안는다. 새댁은 아가를 안은 신랑을 사진기에 담는다. 야호다. 살아온 날이 많은 사람도 야호고 살아갈 날이 많은 사람도 야호다.

지나간 사진을 본다. 지금보다 좋던 때가 있고 지금보다 못하던 때가 있다. 돌아가고 싶은 때가 있고 돌아가고 싶지 않은 때가 있다. 지나서 보면 이때도 저때도 다 소중한 때다. 지금보다 좋던 때와 돌아가고 싶은 때는 말할 것도 없고 지금보다 못하던 때와 돌아가고 싶지 않은 때도 다 소중한 때다.

나는 믿는다. 일 년 삼백육십오 일 어느 하루인들 소중하지 않는 날은 없다고. 좋은 날은 좋아서 소중하고 안 좋은 날은 안 좋아서 소중하다고. 좋은 날은 듬성듬성 오고 안 좋은 날은 꾸역꾸역 오지만 좋은 날은 어쩌다 오고 안 좋은 날은 겹쳐서 오지만 이런 날도 저런 날도 언젠가는 지난날이 되리라고. 웃으면서 이야기하는 지난날이 되리라고.

사람에게도 저마다 해안선이 있지
얕아질 대로 얕아져서 그만 멈추려는 순간에
햇빛 받아 반짝이는 바다로 돌려세우는 가슴 속 해안선
어린 물고기 한 마리 다니지 못할 정도로 얕아져서
맥을 놓으려는 순간에 바로 그 순간에
깊고 너른 바다로 튕겨내는 고래심줄 같은 선

굽이굽이 그런 선

저마다 가슴속에 품고 살지

ㅡ「해안선」끝부분

    오륙도 관광을 마친 유람선은 광안대교를 보며 물살을 가른다.
물거품이 유람선 꽁무니를 좇아간다. 떼 지어 좇아가는 돌고래 같
다. 제 낚싯대만 응시하던 낚시꾼 시선이 한 낚싯대로 모인다. 대
물이 물린 모양이다. 고래라도 물렸는지 낚싯대가 수면에 닿을 정
도로 휘어진다. 야호다.

남해 다랑이 마을 논길

올챙이다. 논물에 드러누운 모를 물고 있는 건 올챙이다. 누가 채가기라도 할까 봐 모를 야무지게 물고서 퉁방울눈을 부라린다. 모를 건드리면 금방이라도 눈총을 쏠 기색이다. 눈총을 쏘고서는 냅다 달려들 기색이다.

장구애비는 못마땅한 낌새다. 올챙이 주변을 맴돈다. 맴돌면서 물장구를 친다. 이래도 버틸래 이래도 버틸래, 물장구를 친다. 꼼짝도 하지 않아서 버틸 만치 버틸 것 같던 올챙이가 자리를 내준다. 모는 먹을 만한 게 못 돼서 그런지 장구애비가 성가서서 그런지 붓꼬리 같은 꼬랑지를 깝죽거리면서 논바닥으로 잠수한다.

논물은 연이어 들어온다. 연이어 빠져나간다. 산물이 물길을 타고 들어와 논을 채우고 넘치는 물은 물꼬를 타고 아래 논으로 빠져나간다. 들어오는 물도 빠져나가는 물도 흐름을 거스르지 않는다. 들어오면 빠져나가고 빠져나가면 들어온다. 서둘지도 않고 미루지도 않는다.

논길을 걷는다. 걷는 게 조심스럽다. 보통 논길은 헛디디면 헛디딘 발이 뻘 범벅이 되는 걸로 그만이지만 여기서는 몸뚱이가 논바닥에 떨어진다. 논과 논이 어른 키 높이만큼 층이 져서 헛디디면 어른 키 높이에서 떨어진다. 일순간이나마 나락으로 떨어지는 기분에 빠진다.

여기 논은 헛디디면 쿵 떨어지는 논이다. 아래 논으로 쿵 떨어지고 더 아래 논으로 쿵 떨어지는 논이다. 급기야는 바다로 떨어지는 논이다. 바닷가 절벽에 층층이 들어선 여기 논은 떨어지는 것을 각오하고 일군 논이다. 떨어지고 떨어져서 급기야는 바다로 떨어지는 것을 각오하고 일군 논이다.

바닷가 절벽에 논을 일군 까닭은 간단하다. 방심하면 나락으로 떨어질지 모를 험한 자리에 논을 일군 까닭은 여기 말고는 논을 일굴 만한 땅이 없어서다. 눈을 씻고서 찾아봐도 파먹을 만한 땅이 보이지 않아서다. 나를 맡기고 내 가족을 맡길 만한 땅을 찾을래야 찾지 못한 까닭에 절벽에다 일군 게 여기 다랑이 논이다.

있는 자들은 거들떠도 보지 않던 땅, 남해 다랑이 논. 남해 다랑이 논은 살아남으려는 안간힘이다. 돌밭도 아니고 돌산에 돌산도 그냥 돌산이 아니고 돌 절벽에 논을 일군 안간힘은 생존의 지평선을 얼마나 넓힐 수 있는지를 보여준다. 생존의 수평선을 얼마나 밀어낼 수 있는지를 보여준다.

어른 키 높이 층은 죄다 돌이다. 논을 일구면서 나온 돌로 쌓은 층이다. 사람이 들거나 세울 수 있는 돌은 자연석 그대로 쌓고 들지 못하거나 세울 수 없는 돌은 쪼개서 쌓아 돌 하나하나에 층 하나하나에 돌을 만진 사람 손때가 묻어 있다. 숨소리가 묻어 있다. 돌마다에 층마다에 숨구멍이 벌름거린다.

다랑이 논은 땅을 갈기도 까다롭고 모를 내기도 까다롭다. 좀 갈다 보면 막히고 좀 내다 보면 돌아서야 한다. 좁고 짧아서 농기계를 들이기도 마뜩찮다. 좁고 짧아서 거둬들이는 벼도 그저 그렇다. 편하게 일하고 많이 챙기는 논이 아니라 일은 일대로 하고 재미는 영 없는 논이다. 그렇지만 정직한 논이다. 손길이 간 만큼 거둬들이는 논이고 품을 들인 만큼 거둬들이는 논이다.

다랑이 논은 정직한 논이다. 당당한 논이다. 당당함은 정직함에서 나온다. 정직해야 당당해진다. 나는 나는 나에게 당당한가. 너는 너는 너에게 당당한가. 바닷바람이 분다. 센바람은 세게 불고 약한 바람은 약하게 불면서 바람소리 높낮이가 다르다. 리듬이 실린다. 리듬에 맞춰 장차 쌀이 되고 밥이 될 모들이 흥얼댄다. 나는 나는 나에게 너는 너는 너에게 솔직해지자 당당해지자, 흥얼댄다.

남해 다랑이 논은 억척스런 논이다. 먹는 것 참아 가며 입는 것

참아 가며 긴 세월 억척스럽게 일군 논이다. 흙은 흙대로 모아서
농토로 하고 돌은 돌대로 모아서 윗논을 받친 억척이 논물을 채운
다. 논을 채운다. 죽은 남해사람 한 명이 산 사람 세 명을 거뜬히
당해 낸다는 말은 남해사람 억척스런 생활력을 집약한다.

부산 감천동에서 시집온 서른일곱 이중순 씨는 이제 남해사람
이다. 내년이면 시집온 지 십 년. 십 년도 안 돼 남해사람이 된 부
산사람이다.

"처음 시집와서는 적응하기가 힘들었어예. 무얼 해 먹고 사나,
생계도 걱정스럽고 밭 매는 것 어른들 수발드는 것 무엇 하나 쉽지
않았어예."

그런 그녀가 1남 2녀를 키우는 부산댁이 되어 다랑이 마을을 공
기 으뜸 물 으뜸 인심 으뜸이라며 으뜸 손가락을 야물딱지게 곧추
세운다. 남해를 곧추세운다.

어디 그것만 으뜸이라고 먹고 살랴. 부자 되랴.

"내가 시집올 때만 해도 다랑이 마을은 순 깡촌 아닌교."

하루 두 번 다니는 버스를 타고 스무 몇 살 무렵에 시집와서 내
년이면 환갑을 맞는다는 하정자 아주머니. 민박집 주인이다.

"인자야 먹고 살 만하지요. 이곳 사람들, 논을 갈아서 먹고 살고
밭을 갈아서 먹고 살고 민박 놓아서 먹고 살고 생활력이 엄청나지
요."

다랑이 마을은 인제 먹고 살 만하다. 다랑이 논이 있어서 먹고 살 만하고 절벽에 내몰리더라도 삶을 방기하지 않은 불끈거림이 있어서 먹고 살 만하다. 돌을 옮기고 흙을 고를 힘만 있으면 절벽도 논이 될 수 있음을 보여 주는 다랑이 마을. 다랑이 마을은 절벽에 내몰린 이들을 북돋는 마을이다. 지금은 절벽이고 궁지이지만 늘 절벽이고 늘 궁지란 법이 어디 있겠냐며 기력이 쇠한 '땅심'을 북돋는 마을이다.

　　물꼬를 타고 흘러내리다가도
　　그만 멈추어 고이고 싶었다
　　저 편 모퉁이 단숨에 채우며
　　이쯤에서
　　아늑히 익어가고 싶었다
　　새떼를 따라 황금빛으로 파닥이고 싶었다
　　가문 날들을 기꺼이 치러내고서
　　말라 비장하게 갈라지는
　　바닥이 되고 싶었다
　　탁할수록 빛나는 상처여
　　사랑이여
　　그만 멈추어 가라앉고 싶었다

　　　　　　　　　　　　　　　　—동길산 시 「논물」

다랑이 마을 전경.

돌은 돌대로 모으고 흙은 흙대로 모아서 절벽에 일군 논이 남해 다랑이 논이다. 하려
고 하는 마음만 있으면 절벽도 논이 될 수 있음을 보여 준다.

살면서 가문 날이 어찌 없으리. 바닥이 쩍쩍 갈라지는 날이 어찌 없으리. 절벽 같고 궁지 같은 날이 어찌 없을 수 있으리. 그러나 그런 날을 거치기에 벼는 황금빛으로 익어가지 않겠는가. 새떼를 불러 모으지 않겠는가. 이런 날이 있으면 저런 날도 있기에 절벽을 절경이라고 말할 수 있고 궁지면 궁즉통이라고 말할 수 있다. 그러잖겠는가.

안개가 마을을 덮는다. 논을 덮는다. 마을도 논도 안개에 가려진다. 지금 있는 자리에 붙박혀 있으면 나도 안개에 가려지리라. 가려져 있다가 안개가 걷히면서 내가 불쑥 보이리라. 논이 불쑥 보이고 마을이 불쑥 보이리라. 불현듯 첫사랑이 보고 싶다. 안개에 가려진 그 사랑이 보고 싶다. 안개가 걷히면서 첫사랑이 불쑥 보이면 나는 달려갈까 물러설까.

거창 빼재

얼짱이다. 생얼짱이다. 피부미인이다. 바라보기만 해도 숨이 턱 막히는 맑고 밝은 미인 같은 하늘이다. 청명한 하늘이다. 손을 뻗어 이리 쓸어 보고 저리 쓸어 본다. 내 손이 다 맑고 밝아진다. 내 속이 다 맑고 밝아진다.

생얼짱 하늘이다. 큰비가 내린 뒤라서 값싼 화장기 같은 탁한 공기는 지워진 하늘이다. 맑고 밝은 하늘이다. 손을 대고 싶은 하늘이다. 하늘 아래 첫동네 첫동네 그러는 곳, 거창 덕유산 빼재. 폴짝 뛰면 머리가 부딪칠 정도로 하늘이 가깝다.

빼재. 뼈재. 뼈를 묻은 고개라 해서 뼈재고 뼈의 경상도 발음이 '빼' 라서 빼재다. 섬뜩하지만 삼빡한 이름이다. 순둥이 이름이다.

한자 지명이 판을 치는 마당에 보듬고 싶은 우리네 옛지명이다. 보듬어서 이리 쓸어 보고 저리 쓸어 보고 싶은 이름이다.

빼를 오죽 묻었으면 빼재일까. 오죽 오랜 세월 누대로 묻었으면 빼재일까. 빼재는 가야 백제 신라가 각축하던 접경. 삼국 국경이다. 국경을 지키는 병사들 뼈를 묻은 곳이다. 내가 지켜야 할 것을 지키려고 내 뼈를 묻은 곳이며 내가 지켜 낸 것들 호곡소리를 묻은 곳이다.

접경은 접하는 곳이면서 충돌하는 곳이다. 너와 내가 맞물려 있으면서 너와 내가 맞닥뜨리는 지대다. 상존하면서 대립하는 지대다. 너와 나는 상존하면서 대립하고 대립하면서 상존한다. 나와 맞물린 너여. 나와 맞닥뜨린 너여. 너와 나는 상존인가 대립인가.

빼재는 피난처 은신처이기도 하다. 하늘 아래 첫동네라 할 만큼 심심골짝이기에 난리를 피해서 들어온 유민들이 생명을 부지하던 곳이며 생명을 부지하려고 잡아먹은 산짐승 뼈가 숱하게 내버려진 곳이다. 사람이 묻힌 곳에 짐승 뼈가 묻힌 곳이며 사람과 짐승이 죽어서 같이 묻힌 곳이다.

"빨치산도 많이 죽고 경찰도 많이 죽었다 하데요."

부산에서 건설회사에 다니다 십 년 전부터 빼재 사람이 된 백승훈(49세) 씨 얘기는 섬뜩하다. 얘기 중간중간에 뼈가 삐죽빼죽 드러난다. 공비소탕작전을 벌이던 시절 간담을 쓸어내리는 후일담이 이 덕유산 자락 저기 저 멀리 지리산 자락 어딘들 담기지 않으라만 들을 때마다 하늘이 내려앉는다. 땅이 꺼진다.

그만 분통을 다스리시라 원혼이여. 살아서 받았던 상처 살아서 주었던 상처 그만 털어 내고 심화를 잠재우시라 원혼이여. 살아서 상존도 살아서 대립도 청명한 하늘 새털구름처럼 가볍거늘 높이 높이 떠올라 더 높이 더 높이 승천하시라 원혼이여.

빼재 가는 길은 어땠을까. 지금은 차가 다니는 포장도로다.

"원래는 오솔길이었어요. 손수레나 경운기 정도가 근근이 다녔죠."

그러면서 지금 이 길은 백씨가 건설회사 공사과장으로 있을 때인 20년 전에 낸 길이라 한다. 그 인연으로 빼재에 들어와 벽난로도 만들고 오미자술도 만들어 '밥은 먹고 산다.'

처음부터 길인 길은 또 어디 있을까. 산짐승이 다닌 흔적을 좇아 사람이 다니고 사람이 다니면서 길은 길이 된다. 길은 길어지면서 넓어지고 넓어지면서 빨라진다. 넓고 빠른 길에 익숙해지면서 잃은 게 한둘이 아니라서 짧고 좁은 길을 더 찾게 된다. 짧고 좁은 길이여. 짧고 좁은 길 같은 사람이여.

짧고 좁은 길 같은 사람이다. 시키면 시킨 대로 해야 하는 사람들. 아무리 열심히 살아도 집 한 채 장만하기가 버거운 사람들. 안주 하나 달랑 시켜 놓고 술병만 거푸거푸 비우는 사람들. 내가 늘 보아 오던 사람들. 그래도 겉과 속이 별로 다르지 않은 사람들. 하늘이 보고 땅이 봐도 숨길 게 별로 없는 사람들. 내가 닮고 싶은 사람들.

또 꺾인다. 꺾인 길을 돌면 꺾인 길이 또 나타난다. 꺾이고 꺾이면서 길이 길을 끌고 간다. 끌고 가면서 헐떡인다. 차로 가서 그렇지 걸어서 가면 재마루에 다다르기도 전에 땅거미가 질 것 같다. 산짐승들 소리에 졸이면서 내 그림자에 내가 깜짝깜짝 놀라면서 십 년은 감수할 것 같다.

> 오르막길이 끝나고 드디어 내리막입니다
> 내려가기에 앞서 걸어온 길을 되돌아봅니다
> 등짝에 땀이 배도록 걸었는데도 내가 걸어온 길은 고작 손바
> 닥 두어 뼘 길이에 불과합니다
> 내가 살아온 길을 손바닥으로 재어 봐도 별반 다르지 않겠지요
>   ―동길산 시 「면사무소 가는 길」에서

빼재 고갯마루. 바람이 선선하다. 거창이 눈 아래다. 발아래다. 산은 일필휘지 쭉 뻗어가고 시야는 점입가경 탁 트인다. 숲이 아름답다고 해서 아림으로도 불리는 거창. 아름답다. 이름은 그냥 얻어지는 게 아님을 실감한다. 한 무더기 등산객들이 산을 타고 내려와 고갯마루 정자로 모여든다. 백두대간 구간답게 등산객이 많기도 많다. 올라간 만큼 내려가야 하는 사람들 등짝을 말리느라 바람이 호들갑이다.

빼재 가는 길.

뼈를 묻은 고개라 해서 뼈재이고 뼈의 경상도 발음이 '빼' 라서 빼재다.
고교 동기 이찬우가 빼재 답사에 동행했는데 답사 도중 가이드 격인 백
승훈 씨와 부산 토성초등학교 동기동창임이 밝혀졌다. 이 인연으로 거
창에서 동창 모임을 갖는 등 왕래가 잦다.

정자 부근에 '秀嶺(수령)'이라고 쓴 표지석이 멀뚱하게 서 있다. 빼재 한자식 표현이라 하는데 아무래도 생뚱맞다. 풍광이 빼어나서 빼어날 수를 썼느냐 한자풀이에 '빼'란 말이 들어가서 빼어날 수를 썼느냐, 괜시리 시비 걸고 싶은 심정이다. 말 갖고 말싸움 벌이고 싶은 심정이다. 빼재를 빼재라고 하면 어째서 무엇이 부족해서 수령이라고 했는지 언성 높여서 드잡이하고 싶은 심정이다.

지금 있는 것에 만족하는 것은 그만큼 어렵다. 지금 갖고 있는 것에 만족하는 것은 말처럼 쉽지가 않다. 지금보다 더 나은 게 있을 것 같고 남 떡이 더 커 보인다. 욕심에 눈멀어 일을 그르친 적이 한두 번이던가. 내가 나를 망친 적이 어디 한두 번이던가. 다음엔 안 그래야지 안 그래야지 하면서도 막상 닥치면 또 비일비재다. 내 짧음이여. 내 좁음이여. 짧고 좁은 길 같은 나여.

뼈를 묻은 곳 빼재. 뼈를 묻는 심정으로 넘어가는 빼재. 사람은 그럴 때가 있다. 뼈를 깎는 심정으로 뼈를 묻는 심정으로 결단을 내려야 할 때가 있다. 결단은 외롭지만 높다. 결단을 하고 나면 더 외롭게 되기도 하고 더 높아지기도 한다. 어쩌면 외로워야 높아지는지도 모른다. 외로이 선 산봉우리가 높아 보이듯이. 결단을 앞두고 외로운 그대, 그대가 높은 사람이다. 그대가 밟고 선 자리가 하늘 아래 첫동네, 빼재다. 뼈재다.

최계락 외갓길

멀다. 멀어서 멀고 어쩌다 다녀서 멀다. 외가는 멀기에 어쩌다
다니기에 외가로 가는 길은 설렌다. 며칠 밤만 더 자면 가느냐고
사흘 전부터 나흘 전부터 보챈다. 사흘 전부터 나흘 전부터 손가락
을 꼽고 또 꼽는다.

복사꽃 발갛게
피고 있는 길

파아라니 오랑캐가
피며 있는 길

엄마한테 손목 잡혀
나서 첨으로

하늘하늘 아가의
외갓집 가는 길은

나비가 앞장 서는
붉은 언덕길

바람이 앞장 서는
파아란 들길

—최계락 시「외갓길」

　외갓길은 하늘하늘 걷는 길이다. 나비가 앞장서고 풀잎이 따라
오는 길이다. 나비처럼 나풀대며 풀잎처럼 나풀대며 걷는 길이다.
엄마한테 손목 잡혀 다 와 가나 다 와 가나, 어리광부리며 걷는 길
이다. 다 와 간다 다 와 간다, 어르며 걷는 길이다.
　'나서 첨으로' 가는 외갓길. 처음은 아니더라도 엄마 손 잡고 가
는 외갓길은 생각만 해도 잠을 설친다. 그게 몇 살쯤이고 무슨 일
로 간 외갓길인지는 어렴풋해도 어렴풋한 기억이 있는 것만으로

도 사람은 따뜻해진다. 부자가 된다. 가진 것보다 더 가진 사람이 되고 잃은 것보다 덜 잃은 사람이 된다.

외가를 발음한다. 외가. 외가. 입술이 동그랗다. 외가는 동그랗다. 굴뚝이 동그랗고 우물이 동그랗다. 굴뚝연기가 동그랗고 우물물이 동그랗다. 외가는 사람도 동그랗게 한다. 외가를 찾아가는 사람도 동그랗고 이제나 오나 저제나 오나 외가에서 기다리는 사람도 동그랗다.

외갓길은 외가로 가는 길이면서 동그란 동심으로 돌아가는 길이다. 다 큰 사람을 동그랗게 하는 길이다. 어리게 하는 길이다. 이제는 돌아오지 못할 날들에 한 발짝 한 발짝 다가가는 길이고 돌아오지 못해서 더욱 돌아가고 싶은 날들에 또 한 발짝 또 한 발짝 나를 들이미는 길이다. 다 큰 사람을 어리게 하는 길이고 처음으로 돌아가게 하는 길이다.

드디어 외가. 외가는 아이가 반갑다. 아이에게 반색이다. 낯선 듯 낯설지 않은 어른들이 아이를 안는다. 어딘가 닮은 이종사촌들이 손을 내민다. 아껴 둔 것을 내오고 숨겨 둔 것을 내온다. 아이는 낯을 가리지만 아이는 아이다. 아이끼리는 이내 트고 지낸다. 이내 몰려다닌다. 평생을 함께 갈 아이들이고 평생을 함께 나눌 아이들이다.

외가는 나와 네가 통성명하는 곳이다. 성이 다른 이종이 태어난 해를 따지고 태어난 달을 따져서 형이 되고 언니가 되는 곳이다.

허물은 감싸고 칭찬은 부풀려서 약간은 우쭐대도 흉이 되지 않는 곳이다. 이런 일로 저런 일로 토라지다가도 막상 간다고 하면 붙잡는 곳이다. 못 이기는 척 붙잡히는 곳이다.

외가가 있는 사람은 행복하다. 사는 게 이게 아니다 싶을 때 처음으로 돌아가고 싶을 때 외가에 얽힌 기억을 마술리본처럼 꺼낼 수 있는 사람은 행복하다. 꺼내도 꺼내도 끝을 보이지 않는 기억으로 잠시나마 잠깐이나마 당장의 실의를 달랠 수 있는 사람은 행복하다.

기억할 수 있는 외가가 있는 사람은 행복하다. 외가가 없는 사람들. 외가가 있어도 가 본 적이 없는 사람들. 외가는 엄마 집이고 모든 사람에게는 엄마가 있지만 모든 사람에게 외가가 있는 건 아니다. 외가가 있어도 가 볼 형편이 되지 못하는 사람은 왜 없겠는가.

남보다 다 뒤져도 남보다 하나 정도는 나은 게 있다. 분명 그렇다. 내가 다 뒤져도 외가가 없는 남보다는 외가가 있는 내가 낫다. 그렇게라도 생각하자. 외가가 있는 게 자랑거리일 수 없고 외가를 갖지 못한 사람들에게는 미안한 말이지만 기억할 수 있는 외가가 있다는 게 얼마나 다행인가. 그나마 얼마나 다행인가.

걸어온 길을 돌아본다. 흙길도 있고 시멘트길도 있고 아스팔트 길도 있다. 굽이진 길도 있고 곧은 길도 있으며 느린 길도 있고 지름길도 있다. 어쨌거나 외가로 오는 길이다. 외가로 가는 길이다. 다른 길이 맞대고 이어져서 나는 여기에 와 있다. 나를 멈칫거리

최계락 시인 외가로 가는 길.

길은 어느 길이든 다감하고 어느 길이든 누군가에게는 외가로 가는 길이다.

게 하던 길도 나를 짜증나게 하던 길도 나를 여기에 와 있게 한 길이다.

길은 무슨 길이든 그 길만의 내력을 갖고 있다. 길이 가진 내력은 곧 그 길을 가는 사람이 가진 내력이다. 나에게는 아무런 의미가 없는 길이 누구에게는 의미가 심장한 길이고 나는 휑하니 지나가는 길을 누구는 눈물 글썽이며 간다. 길은 어느 길이든 다감하고 어느 길이든 누군가에게는 외가로 가는 길이다.

"외갓길 감성이 다감한 시인였제."

최계락 외갓길을 찾아가는 차 안. 김규태 시인은 한 직장에서 한솥밥을 먹던 외갓길 시인이 그립다. 삼십 년도 더 전에 타계한 고우가 아쉽다. 그가 있으면 술자리가 한국문단이 한결 풍성할 텐데 못내 그립고 못내 아쉽다. 김규태 시인은 외갓길을 사람 평생에 각인돼 평생을 좌우하기도 하는 마술리본이라며 최계락 외갓길을 리본처럼 꼬불꼬불 꺼낸다.

외가로 가는 길 외갓길은 언제나 외가에서 끝난다. 외갓길의 시작은 어디인가. 나를 품은 모체인가 내가 세상에 내디딘 첫 걸음마인가. 둘 다 맞지만 둘 다 미심쩍다. 외갓길의 진정한 시작은 마음을 물들이는 단풍이지 않을까. 몸에서 시작해 마음으로 번지면서 단풍은 절정이 된다. 그게 외갓길의 시작이지 않을까.

단풍에 물든 사람들이 내 앞에 간다. 내가 지금 가는 길은 그들

이 벌써 지나간 길이다. 그들에게서 떨어진 단풍이 가로수 밑에 수
두룩하다. 길가에 수두룩하다. 어떤 단풍은 말라서 바스락대고 어
떤 단풍은 때깔이 곱다. 기억의 틈바구니에 단풍을 끼운다. 기억에
도 단풍이 들고 그러면서 나도 단풍이 되어 간다.

신발 한 짝이 길가에 떨어져 있다. 아이 신이다. 엄마 등에 업
혀 가던 아이가 떨어뜨린 걸까. '엄마한테 손목 잡혀' 외갓집 가
는 아이에게서 벗겨진 걸까. 되돌아와서 쉽사리 찾게 길 가운데
놓아 둔다. 들판에서는 알곡이 여문다. 들판 어디쯤 새 쫓는 소리
가 들리고 아이 신처럼 생긴 새가 후드득 날아오른다. 후드득 떨
어진다.

　　개나리 노오란
　　꽃 그늘 아래

　　가즈런히 놓여 있는
　　꼬까신 하나

　　아가는 사알짝
　　신 벗어 놓고

　　맨발로 한들한들

나들이 갔나

가즈런히 기다리는
꼬까신 하나

—최계락 시 「꼬까신」

부암동 굴다리

굴다리 벽면을 본다. 벽보를 붙인 흔적이 보이고 낙서를 한 흔적이 보인다. 미키마우스 스티커는 선명하다. 이런저런 흔적들이 오래된 기억을 들춘다. 누구누구는 바보 누구는 누구 애인. 내가 했을 것 같은 낙서 네가 했을 것 같은 낙서. 굴다리에는 비를 피해서 놀던 유년이 녹아 있다. 갑작스레 쏟아지는 소낙비를 피해 무지개 뜨기를 고대하던 시절이 녹아 있다.

굴다리가 들추는 기억은 못 먹고 못 입던 시절 기억. 다 같이 못 먹고 다 같이 못 입어서 내가 너 같고 네가 나 같던 시절 기억이다. 다들 고만고만해서 부끄러울 게 없던 시절 기억이다. 굴다리에는 없어도 없는 것을 모르고 없어도 없는 것을 숨기지 않던 시절 기억이 벽지처럼 발라져 있다.

굴다리를 걷는다. 낡고 어둡고 좁다. 낡고 어둡고 좁아서 굴다리 저쪽이 유난히 환하게 보인다. 굴다리를 벗어난다는 것. 그것은 새롭고 밝고 넓은 세상으로 나간다는 것. 어느 누구인들 굴다리를 벗어나고 싶지 않으리. 자식들만이라도 벗어나기를 바라지 않으리. 굴다리를 벗어나려고 악착같이 살던 사람들. 자신은 굶을망정 자식들 공부는 악착같이 시키던 사람들.

나의 어둠은 너를 향해

빗살무늬로 새겨진다

언제인가

다시'햇살 흐르는 아침이 되면

긴 그림자 지나가는 통로

내가 기다렸던 흔적

굴다리 건너

언제나 사소하게 무너지는 나의 의미는

굴이 사랑이었더라도

지워져야 할

낡은 그림자

— 조기수 시 「굴다리」에서

손수레 한 대가 굴다리를 빠져나온다. 낡고 어둡고 좁은 굴다리를 구부정구부정 빠져나온다. 빈 수레다. 수레도 지쳐 보이고 수레를 끄는 사람도 지쳐 보인다. 그림자가 길다. 지쳐 보이는 것은 한결같이 그림자가 길다. 나의 그림자도 수레만큼 길고 수레를 끄는 사람만큼 길까. 긴 그림자를 끌고 구부정구부정 낡고 어둡고 좁은 굴다리를 빠져나왔을까.

굴다리의 역사는 철도의 역사다. 철도변 사람들 애환의 역사다. 부산에서 서울로 부산에서 경주로 전라도로 철도를 놓으면서 등장한 굴다리. 굴다리는 부산에서 근대로 부산에서 현대로 가는 길목이자 새롭고 밝고 넓은 저기로 가는 다리이다. 여기보다 나은 저기. 저기에 내가 닿지 못한다면 자식들이라도 닿기를 당대에 닿지 못한다면 후대라도 기필코 닿기를 바라는 염원이 굴다리 벽면에 미키마우스 스티커처럼 선명하게 찍혀 있다.

"딸은 서울에서 변호사 사무실에 다니고 있지요."

굴다리 이쪽은 부암1동이고 저쪽은 부전1동. 부암1동 굴다리 입구에서 슈퍼를 삼십 년간 운영하는 주성기 씨는 선하면서 다부진 인상이다. 부인과 교대로 가게를 지키면서 하루 스물네 시간 장사한다. 아이들 공부도 시키고 여태껏 밥 먹고 살아온 가게답게 한 날 한 시도 비우지 못한다.

"가게를 더 키울 욕심은 없어요. 그래도 가게는 계속해 나갈 겁니다."

부암동 굴다리.

굴다리는 기억이다. 오늘보다 고단하고 오늘보다 곤궁한 어제를 기억하면서 오늘을
버티는 힘을 굴다리를 걸으면서 얻는다.

주변에 대형마트들이 들어서 타격이 크다. 근처에 있던 조그만 점방들은 거의가 문을 닫은 실정이다. 일부러 찾아주는 단골이 고맙다. 과자를 사 가는 아이들과 급히 필요한 것들을 이것저것 낱개로 사 가는 주부나 동네사람이 단골이다. 인제는 돈벌이보다는 동네에 도움이 되고 싶은 마음이 부쩍 든다. 그런 마음으로 가게를 끌고 간다.

"부전동에서 들어오는 굴다리는 입구 높이가 2.8미터인데 반해 부암동으로 나가는 굴다리는 2.6미터예요."

주씨는 동네에 도움이 되고 싶은 마음에 아이들 싸움도 말려주고 거리청소도 선뜻 나선다. 굴다리를 보기 좋게 하려고 심어둔 장미는 가지에 가지를 쳐서 이웃들이 나눠달라고 할 정도다. 동네 문제에도 관심을 기울인다. 입구와 출구 높이가 다른 굴다리도 그런 관심의 하나. 이삿짐 트럭이 들어오다가는 가구만 망가지고 되돌아가는 경우를 자주 본다. 대책이 시급하다며 언성을 높인다.

김수미 약사도 비슷한 말을 한다. 약국은 슈퍼에서 굴다리 반대편으로 오륙십 보쯤 거리에 있다. 사십 년 가까이 여기서 약국을 했으니 동네 물정이 훤하다. 굴다리가 낮아서 앰뷸런스는 못 들어온다. 급한 환자가 생기면 낭패다. 탑차도 못 들어온다. 슈퍼는 삼십 년, 약국은 사십 년. 한곳에서 몇 십 년을 사는 토박이들이 유독 많은 게 굴다리를 낀 동네의 특징이라면 특징. 토박이라서 동네가 안고 있는 문제를 꿰뚫는다.

"이 동네를 가운데 두고 기차선이 세 개나 다녀요. 앞에 보이는 저것이 가야선, 옆에 이것은 부전선, 굴다리 위는 동해선이죠."

김 약사가 가리키는 쪽으로 이리저리 고개를 돌리니 기차선이 동네를 에워싼 꼴이다. 디젤기차가 뿜어내는 매연이 동네를 뒤덮는다는 말이 과장은 아니지 싶다. 지상은 그렇고 지하에서는 KTX 공사를 하는 바람에 균열이 나지 않은 집이 없다. 약국 바닥에도 균열이 나 있다.

동네는 갑갑하고 답답하다. 반쪽 하늘이라도 봤으면 좋겠다는 김 약사 푸념답게 기차선에 갇혀 갑갑하고 기차선에 갇혀도 억하심정으로 감내해야 했던 사람들 마음이 답답하다. 그럼에도 삼십 년 사십 년을 예사로 살아 내는 사람들. 그런 사람들을 품은 동네. 말에서 내려 찾아가야 하는 사람이 있고 동네가 있듯 말에서 내려 찾아가야 할 굴다리 사람이고 굴다리 동네다.

굴다리를 걷는 발자국 소리가 울린다. 소리가 이쪽 벽면을 치고 저쪽 벽면을 치면서 굴다리에 생기를 불어넣는다. 음습한 굴다리지만 굴다리 안에서는 천천히 걷는 버릇이 나에게 있다. 오늘보다 곤궁한 어제를 생각하면서 오늘을 버티는 생기를 천천히 걸으며 얻는다. 오늘보다 못한 어제를 기억하면서 오늘보다 나은 내일을 기약하면서 굴다리를 울리는 발자국 소리. 오래 전에도 생기를 불어넣었고 오랜 후에도 생기를 불어넣을 소리다.

굴다리는 안태 같은 곳이다. 굴다리에서 주워 와 키웠다는 말을 들고 자란 사람이 한둘이 아니듯 내가 너 같고 네가 나 같은 대다수 보통사람에게 푸근한 모성 같은 곳이다. 굴다리에 기대어 쉰다 해서 흉이 되리. 굴다리 벽면에 아이 같은 낙서를 한다 해서 흉이 되리. 푸석거리는 먼지를 마시며 놀던 곳. 철들기 전의 나를 보듬어 주던 곳 굴다리. 굴다리를 지나면서 나는 더욱 낮아지고 더욱 어려진다.

굴다리를 벗어나지 못한 사람은 고달프다. 바닥에 난 균열처럼 갈라진다. 그러나 고달프게 살면서 이 악물고 뒷바라지했기에 굴다리를 벗어난 사람이 있단 사실을 어찌 부정하랴. 어찌 도리질하랴. 굴다리 중간쯤에 전등이 켜지면서 환해진다. 고달픈 생애 중간쯤에도 전등이 켜지면 좋겠다는 생각이 든다. 고달픈 생애가 잠시나마 환해지면 참 좋겠다는 생각이 든다.

부산 영락공원 묘지길

보이는 건 무덤뿐. 무덤과 비석뿐. 무덤과 비석과 알록달록한 꽃뿐. 그리고 무덤과 무덤 사이를 기웃거리는 사람뿐. 무덤과 무덤 사이에 무덤처럼 웅크린 사람뿐. 무덤과 비석과 꽃과 사람과 까마귀 깍까악 울어 대는 소리뿐.

해가 진다. 지는 해가 보인다. 구름에 가려 종일 보이지 않던 해가 질 무렵에야 잠깐 보인다. 하늘이 물든다. 황혼이다. 지는 해는 하늘을 물들이고 황혼이 지난 자들을 묻은 무덤을 황혼으로 물들인다. 황혼이 지난 자들을 다시 황혼으로 물들인다. 다시 살아나게 한다.

눈시울이 벌겋다. 눈시울이 벌건 청년이 불을 붙인 담배를 제단에 올린다. 술잔을 올린다. 담배는 금세 타 들어가고 술잔은 금세 빈다. 청년은 말을 건네고 뜸들이다가 또 말을 건넨다. 사람들은 안 본 척 지나가고 일부러 딴 데를 보며 지나간다.

가던 사람이 돌아온다. 살피고서 지나간 비석을 돌아와 다시 살핀다. 찾는 무덤을 찾아내기가 쉽지 않은가 보다. 무덤은 많아서 찾아내기가 쉽지 않고 그게 그것 같아서 찾아내기가 쉽지 않다. 산 전체가 무덤이고 무덤 전체가 그게 그것 같아서 찾는 무덤이 어딨는지 단박에 알아내기가 쉽지 않다.

마지아는 어디 있을까. 묘지길을 배회하던 사춘기 무렵 우연히 맞닥뜨린 무덤의 주인공, 내 나이 소녀 마지아. 무덤 앞 유리상자에 수북이 재인 아버지 편지를 꺼내서 읽어 보게 하던 소녀. 나를 찡하게 하던 소녀. 나를 시 쓰게 만든 그 소녀는 어디에서 지는 해에 물들고 있을까.

절을 한다. 부부인 듯한 노년은 절을 하고 또 한다. 살아생전에 다 하지 못한 절을 이참에 몰아서 하려는 듯 하고 또 한다. 엎드리다가는 일어서고 일어서다가는 엎드린다. 그림자가 짧아지다가는 길어지고 길어지다가는 짧아진다. 무덤에 닿다가는 떨어지고 떨어지다가는 닿는다.

묘지길에도 황혼이 진다. 길을 따라 늘어선 측백나무 그림자가 황혼이 지자 옅어진다. 옅어지는가 싶더니 땅 밑으로 꺼진다. 매장된다. 매장된 그림자를 묵념하는 듯 나무들 서 있는 자세가 경건하다. 서 있는 자세가 저렇게 경건해서 그림자는 다시 나타나는가.
다시 살아나는가.

지는 해를 바라보며
내 평생의 해는 어떻게 질까 생각한다
지는 해에 물든 하늘을 바라보며
내 평생의 하늘은 어떻게 물들까 생각한다
구름에 가려 있다 질 무렵에 잠깐 보이는 해
구름에 가려 있다 해 질 무렵에 잠깐 물든 하늘
잠깐 보이는 해가 잠깐 물든 하늘이
해를 바라보게 하고 하늘을 바라보게 한다.

—동길산 시 「지는 해」에서

비석을 들여다보며 걷는다. 황혼이 되어서 죽은 사람 황혼이 되
기 전에 죽은 사람. 비석 뒷면에 자식들 이름을 많이 새긴 사람 없
거나 적게 새긴 사람. 얼마 전에 죽은 사람 오래 전에 죽은 사람.
비석 글자가 선명한 사람 희미한 사람. 비석을 들여다보며 걷는 묘
지길은 왜 이리도 긴지. 사람의 생애를 들여다보며 걷는 묘지길은
왜 이리도 더딘지.

일가족은 벌초로 분주하다. 어른은 가위낫으로 풀을 베고 아이
들은 손으로 풀을 뽑는다. 줄기가 베인 풀이 뿌리까지 뽑힌 풀이

영락공원 묘지길.

묘지길은 산 자가 죽은 자를 찾아가는 길이고 죽은 자가 산 자를 불러들이는 길이다.

주변에 널브러져 있다. 봉분이 훤하게 드러난다. 봉분은 한 생애의 봉우리. 풀더미에 가려 보이지 않던 봉우리가 새삼 보이고 한번 더 보인다. 보이지 않아서 드러나는 게 오히려 훤한 생애의 봉우리여.

측백나무 이파리가 바람에 날린다. 바람에 떤다. 측은하다. 어루만진다. 떨면서 자기가 있음을 알리는 것들. 사랑하는 사람도 그렇다. 네가 있음을 나에게 알리려고 너는 떨고 내가 있음을 너에게 알리려고 나는 떤다. 죽은 자는 산 자를 떨게 하고 산 자는 죽은 자를 떨게 한다. 측은하게 한다. 감싸게 한다. 죽음이 사랑을 갈라놓으랴. 사람을 갈라놓으랴.

묘지길. 묘지길은 죽은 자와 산 자를 잇는 길이다. 죽은 자가 산 자를 불러들이는 길이고 산 자가 죽은 자를 찾아가는 길이다. 죽은 자가 산 자를 감싸고 산 자가 죽은 자를 감싸는 묘지길은 단절을 건너뛰어 어울림으로 가는 길이다. 죽은 자와 산 자를 가르는 울타리를 뛰어넘어 한마당으로 가는 길이다. 죽은 자와 산 자를 아우르는 드넓은 평원으로 내닫는 길이다.

마지아를 찾기가 쉽지 않다. 마지아는 어디에 있나. 가던 길을 돌아온다. 돌아온 길을 다시 간다. 이쯤인데 이쯤인데 유리상자 편지를 읽고 있는 마지아가 보이지 않는다. 마지아여 어디에 있나. 마지아는 가슴속에 묻은 세상의 모든 자식이다. 자식을 가슴속에 묻은 세상의 모든 부모다. 죽음으로도 갈라놓을 수 없는 세상의 모든 자식과 모든 부모다.

"요 어디 근방인데."

학산여고에서 국어를 가르치는 친구 손영수도 마지아를 기억한다. 유리상자 편지함을 기억하고 방명록을 기억하고 한 장 한 장 넘기던 달력을 기억한다. 아버지 지극한 그리움을 기억한다. 기억 속에서 나이 들지 않는 소녀 마지아. 마지아는 죽어서도 열어 보는 편지함이다. 죽어서도 뒤적이는 방명록이다. 죽어서도 까만 날은 까맣고 빨간 날은 빨간 달력이다. 죽어서도 죽지 않는 세상의 모든 그리움이다.

아직은 어둡기 전. 보이는 건 그런 대로 뚜렷하다. 깍까악 까마귀 소리도 뚜렷하다. 무덤 앞에서 머뭇거리는 사람이 보이고 좁아서 퍼지도 못한 돗자리를 옆구리에 끼고서 자리를 뜨는 사람이 보인다. 풀을 베고 뽑던 일가족은 자리를 뜨려는지 작별의 절을 한다. 절을 하고 또 한다. 아이들 절은 삐뚤빼뚤하다. 그래도 표정만은 진지하다. 경건하다. 절을 받는 무덤에서 헛기침이 들린다. 까마귀가 기겁을 해서 달아난다.

멀리 금정산이 보인다. 금샘이 금빛으로 물들었을 금정산이 보인다. 몸을 돌리면 철마산이 보이고 아홉산이 보인다. 금정산을 보면서 숨을 들이키고 몸을 돌려 철마산을 보면서 아홉산을 보면서 숨을 들이킨다. 배가 봉분처럼 부푼다. 봉우리처럼 부푼다. 내쉬는 것을 참을 만큼 참으면 나도 봉분이 될 것 같다. 봉우리가 될 것 같다. 그러나 어림도 없다. 어림 반푼어치도 없다. 일 분도 안 돼 이 분도 안 돼 들이킨 숨을 내뱉는다. 봉분이 훤하게 드러난 무덤들이 나를 흘긴다. 됐으니 그만 가 보라고 떠민다.

길은 끝나 간다. 한 길이 끝나면 다른 길이 잇대어 엔간해서는 끝날 것 같지 않던 묘지길이 끝나 간다. 길기만 하던 길이 더디기만 하던 길이 끝나 가듯이 사람이 가는 길도 사람의 생애도 언젠가는 끝이 나리라. 잘 살고 못 사는 것도 복불복이고 잘 죽고 못 죽는 것도 복불복이라지만 이왕이면 길이 무사히 끝나기를 바라는 게 사람 마음인 것을. 인지상정인 것을, '해가 지는 쪽으로/내 평생의 해가 지기를/해가 지는 쪽에서/내 평생의 하늘이 물들기를.' (「지는 해」 끝부분).

제2부

낙동강에 노을 진다. 가락의 동쪽, 낙동.
굽이굽이 물결치고 굽이굽이 물이랑 이는
낙동의 강물에 노을 진다.

산청 산천재

지리산은 카랑카랑하다. 쇳소리가 난다. 봉우리와 봉우리가 부 딪치면 버번쩍 불꽃이 튈 것 같다. 번개가 일 것 같다. 봉우리와 봉 우리가 부딪치면 천둥소리가 날 것 같다. 우르릉 쾅쾅 천둥소리에 사람들 정신이 버번쩍 들 것 같다. 천둥소리. 하늘을 치는 소리. 뇌 천(雷天)이다.

뇌, 천. 호두알 크기 쇠종 하나에는 뇌 한 글자가, 하나에는 천 한 글자가 파여 있다. 파인 글자에 퍼런 녹이 슬어 서슬이 퍼렇다. 제풀에 꺾여 진열장에서 한 발짝 뒤로 물러선다. 쇠종이 진열된 곳 은 남명박물관. 지리산을 보며 카랑카랑한 쇳소리를 들으며 문을 열고 닫는 박물관이다.

뇌 자 천 자 쇠종 이름은 성성자(惺惺子). 마음속 별과 별이다. 성성자를 허리춤에 차고 다니면 부딪치는 소리가 난다. 별과 별이 부딪치는 소리다. 천둥소리는 근처에도 못 올 소리다. 성성자 부딪치는 소리는 잠시도 방심하지 못하게 하는 소리다. 정신이 버번쩍 들게 하는 소리다.

성성자를 차고 다닌 사람은 남명이다. 남명 조식이다. 평생 벼슬하지 않기로 소문난 선비다. 벼슬하라는 어명이 떨어지면 감읍하기는커녕 나라일 잘못하고 있다고 조목조목 따지는 상소를 올린 선비다. 성성자를 허리춤에 차고 다니며 유혹에 넘어가지 말라고, 이 정도면 됐다며 교만하지 말라고 잊을 만하면 자신을 몰아붙인 쇳소리다. 조선을 몰아붙인 조선의 쇳소리다.

산천재는 남명이 말년을 보낸 처소다. 조선 쇳소리의 지붕이다. 당시로서는 골짝 중의 골짝, 깡촌 중의 깡촌이었을 지리산 덕산 계곡. 좋은 벼슬도 마다하고 주겠다는 벼슬도 마다하고 남명을 이리로 이끈 건 산천재에서 바라다보이는 지리산 저 천왕봉이다.

천왕봉. 고향인 합천도 청춘을 보낸 한양도 처가가 있는 김해 신어산 자락도 다 팽개치고 노구를 이 골짝에 이 깡촌에 들앉힌 천왕봉 저 카랑카랑한 봉우리. 그리고 연봉들. 봉우리끼리 부딪쳐서 천둥소리 쇳소리를 내면 집 기둥이 마음 기둥이 송두리째 떨릴 것 같은 지리산 언저리 덕산마을.

환갑을 넘긴 나이. 게다가 일부러 찾아가려고 해도 찾아가기 버거운 곳. 그 나이에 이런 자리에 터를 잡은 결기라면 결기랄 수도 있는 남명의 속마음은 무엇일까. 맑은 날이면 맑은 날대로 흐린 날이면 흐린 날대로 천왕봉 준엄한 봉우리를 바라보며 품었을 단심, 붉디붉은 마음은 과연 무엇일까.

자신의 호에 학(學)이 붙은 두 사람. 남명학의 남명 조식과 퇴계학의 퇴계 이황. 남명과 퇴계는 살아서도 죽어서도 비교된다. 경상좌도에 퇴계가 있고 경상우도에 남명이 있다는 유림세계 비유는 두 사람 모두 거두란 의미도 되지만 인생역정이 전혀 다르다는 평가도 된다. 같은 거두라도 사상과 삶은 전혀 다르다. 공교롭게도 같은 해에 태어나 칠십 이쪽저쪽 엇비슷한 나이에 세상을 버린 두 사람. 두 사람 전혀 다른 사상과 삶이 수레 이쪽저쪽 바퀴가 되어 한 시대를 이끌고 간다. 조선을 이끌고 간다.

남명 사상과 삶은 남명 박물관 성성자 곁에 보존돼 있는 경의검(敬義劍)이 단적으로 드러낸다. 경의검은 남명이 성성자와 함께 차고 다니던 자그마한 손칼. 손잡이에 새겨진 문구가 형광등 불빛을 받아 번쩍인다. 내명자경 외단자의(內明者敬 外斷者義). 해석이다. 안에서 밝히는 것은 경(敬)이요 밖에서 결단하는 것은 의(義)다.

경으로 마음을 곧게 하고 의로 불의와 타협하지 않는다. 곧 경의다. 남명 사상이자 삶이다. 불의와 타협하지 않을뿐더러 잘못된 것은 잘못됐다고 까발린다. 숨어서 뒤에서 쉬쉬하는 게 아니라 보는 앞에서 공개석상에서 퉁을 놓는다. 공개석상에서 퉁을 놓는 게 남명이 올리는 상소다. 남명 상소는 임금이 미간을 찡그리는 상소면서 보지 않고는 못 배기는 상소다. 꺼리는 상소면서 끌어당기는 상소다.

남명 상소에 단성소(丹城疏)가 있다. 진주 인근 단성고을 현감을 맡으라는 임금의 교지를 성은이 망극하옵니다, 엎드려 받드는 대신에 들이댄 상소가 단성소다. 상소의 본 명칭은 을묘사직소(乙卯辭職疏). 단성고을과 관련이 있다 해서 단성소로 잘 알려져 있다. 단성소에서 살벌한 대목이다. 살이 떨리는 대목이다.

'대비(문정왕후)는 궁중의 한 과부에 불과하고 전하(명종)는 아직 어리니 돌아가신 임금님의 고아일 뿐입니다. 백 갈래 천 갈래로 내리는 하늘의 재앙을 어떻게 감당하며 억만 갈래로 흩어진 민심을 어떻게 수습하겠나이까.'

읽을수록 숨구멍이 막힌다. 살구멍이 막힌다. 살아 나갈 구멍이 막힌다. 아무리 문제가 있기로서니 임금 어머니를 과부라니! 임금을 고아라니! 백성이 주인이라는 민주시대에도 들먹이기 몸서리치는 말이거늘 하물며 임금이 주인인 세습군주 시대에 감히 그런 말을 그것도 백주대낮에 하다니! 하다니! 그러나 임금의 진노는 곧 누그러지고 유림은 열광한다. 그게 아침의 나라 조선의 빛이고 조선의 가능성이다.

조선의 빛과 그리고 가능성을 두루 보여 준 남명. 남명 조식. 누

한 치의 몸가짐도 흐트러짐 없이 조심할지니 그것이 남명의 성성자(惺惺子)이며, 그
마음가짐이 일 점 티끌 없이 강인하게 날 서 있었으니 그것이 남명의 경의검(敬義劍)
이다. 높고 깊은 지리산이 남명의 정신을 잉걸불로 품었으니 그곳은 다름 아닌 산천
재다.

구는 남명이 학문이 높다 그러고 누구는 정신이 더 높다 그런다. 학문도 높고 정신도 높은 사람이 누군지를 보려고 산천재를 찾는 사람이 늘어난다. 누구는 마루에 걸터앉아 멀리 보이는 천왕봉 봉우리를 물끄러미 쳐다보고 누구는 잠긴 문틈으로 곰팡내 나는 방 안을 훔쳐본다.

늘어나는 사람을 보면서 산청에 시샘이 난다. 카랑카랑한 지리산이 있어 시샘 나고 카랑카랑한 남명이 있어 시샘 나고 남명을 찾는 사람이 늘어나서 시샘 난다. 사람은 산을 닮고 산은 산을 닮은 사람을 품으며 동기간처럼 지내는 곳, 산청. 짧은 겨울해가 넘어가서 그런지 우르르 쾅쾅 천둥번개라도 치려고 그런지 산천재 주변 하늘이 어둑해진다.

김해 천문대

허황옥. 인도 아유타국 공주다. 인도 공주지만 결혼은 한국사람과 한다. 한국사람 김수로왕과 결혼하려고 한국으로 온다. 공주와 결혼예물을 실은 배가 두 달 만에 당도한 연안은 진해 용원. 용원을 거쳐 김해로 들어온다. 서기 48년이다. 공주가 낳은 열 아들 가운데 두 아들은 어머니 성을 받아서 허황옥은 김해 허씨 시조가 된다.

인도와 진해 용원. 먼 길이다. 물어물어 찾아오기에는 넌더리가 나는 길이다. 더구나 뱃길이다. 허황옥이 탄 배를 한국땅으로 이끈 건 무엇일까. 나침반도 아니고 지도도 아니니라. 허황옥을 이끈 건 밤하늘 별이다. 별자리다. 별을 보면서 별에게 물어 물어 허황옥은 지아비를 찾아간다.

두 달. 하루 이틀도 아니고 두 달. 정말 먼 뱃길이다. 엄두가 나지 않는 뱃길이다. 물질에 이골이 난 뱃사람도 혀를 내두르는 길이다. 별을 보는 허황옥 안목이 남다르기에 가능한 길이다. 허황옥 안목은 아들대에서 입증된다. 김해 서쪽 약 28km 진례성 왕이 된 아들 하나는 진례성에 하늘을 관측하는 첨성대를 세운다. 허황옥 품에 안겨서 별 이야기를 들으며 자란 아들이다.

밤하늘 길잡이별을 보며 지아비를 찾아온 어머니. 어머니 품에 안겨서 밤하늘 별 이야기를 들으며 자란 아들. 낭만적이다. 어머니와 아들의 낭만이 첨성대를 세운다. 그런 어머니와 그런 아들을 둔 김해사람은 저마다 마음속에 첨성대가 있다. 별빛 흘러가는 낙동강물 별똥 떨어지는 김해들판. 강물도 들판도 김해에서는 별이다. 김해사람에게는 별이다.

김해의 낭만이 별에서 비롯된다고 말하면 비약인가. 비약인지는 몰라도 김해 옛 왕국이 별을 소홀히 다루지 않았단 건 설득력이 있다. 별의 움직임에서 하늘의 움직임을 알고 하늘의 움직임에서 땅의 움직임을 알고자 했다는 건 설득력이 있다. 땅의 움직임을 알아서 땅에 뿌리박고 사는 백성을 돌보고자 했던 김해 옛 왕국. 백성을 별처럼 대했기에 김해 밤하늘엔 지금도 별이 총총인가.

옛 왕국이 훤히 내려다보이는 분성산 꼭대기에 있는 김해천문대의 관측동. 별을 보러 온 탐방객이 천체망원경으로 하늘을 보는 방이다. 둘씩 셋씩 탐방객이 모인다. 아이를 동반한 가족도 있고 대학생풍 연인도 보인다. 난생 처음 보는 큰 망원경이 중앙에 있고 지붕은 높고 오목하다. 탐방객이 어느 정도 모이자 안내원은 안내를 시작한다.

안내하기 전에 하나 묻겠단다. 천문대엔 왜 왔냐다. 별을 보러 왔단 말이 냉큼 튀어나온다. 어른을 따라온 아이가 그 말을 맞받는다. 별자리를 보러 왔어요. 그 말도 맞아요. 안내원이 아이를 칭찬한다. 젊은 연인이 끼어든다. 별도 보고 님도 보러 왔다. 분위기가 풀린다. 서먹하던 마음들에 굳어 있던 마음들에 둘씩 셋씩 별이 내려앉는다.

안내원 설명이 귀에 쏙쏙 들어온다. 고개를 끄덕이기도 하고 추임새를 넣어서 거들기도 한다. 박수까지 나온다. 느슨해지는 분위기를 다잡으려는 듯 안내원이 생뚱맞은 질문을 던진다. 야간에 운전하면서 실내등을 끄는 이유가 뭐냐다. 답은 바깥을 잘 보기 위해서다. 관측동 안이 어두침침한 것도 같은 이유란다. 다음 말이 그럴싸하다. 내가 어둡게 있을수록 주위가 잘 보인다.

그렇구나, 이번엔 나도 고개를 끄덕인다. 그것도 모르고 나는 조명을 받지 못해서 안달하진 않았는지. 그것도 모르고 빛 가운데로 들려고 무리수를 두지는 않았는지. 나를 밝히느라 다른 사람 시야를 가리진 않았는지. 나를 밝히느라 어두운 곳에 있는 사람을 사람 마음을 못 보고 안 보고 그러진 않았는지.

높고 타원인 지붕이 열린다. 커튼을 양쪽에서 잡아당기듯 스르르 열린다. 밖에서 웅성거리던 빛살이 열린 지붕을 비집고 들어온다. 비집고 들어와 제자리를 잡는다. 안내원은 지금이 낮이라서 아쉽단다. 낮이라도 별은 볼 수 있지만 오늘은 구름층이 두터워 볼 수 있는 별이 없단다. 보이지 않아도 별은 떠 있으며 낮에도 하늘은 별이 총총하고 별자리는 이동하고 있다고 보충한다. 목전에 보이는 것만 진실이 아니란 얘기일 터인데 앳돼 보이는 안내원치곤 들려주는 말이 노숙하다. 안내원은 아르바이트 대학생 김송이 양이다.

지구하고 별이 다른 점도 들려준다. 별은 제 스스로 빛도 내고 열도 내는데 지구는 그렇지 않다고 한다. 지구가 따뜻한 건 해가 갖고 있는 열이 반사된 때문이란다. 제 스스로 빛도 내고 열도 내는 별이 빛도 내지 못하고 열도 내지 못하는 지구보다 나은지 나쁜지는 몰라도 인정할 건 인정해야겠다. 지구는 제 스스로 빛도 내지 못하고 열도 내지 못한다는 것, 그렇다는 것.

천문대 관측동엔 방이 셋 있고 방방마다 기다랗고 굵다란 망원경이 탐방객을 맞는다. 방방을 다 돌고 나면 별자리를 그려 놓은 투영실이 탐방객을 맞고 전시실에서 탐방은 마무리된다. 안내원과 수인사를 나누고 헤어진다. 아뿔싸. 안내할 때는 귀에 쏙쏙 들어오던 별자리가 돌아서고 나니 뭉개진다. 아리송하다. 이것이 저것 같고 저것이 이것 같다. 밤하늘 별이며 별자리를 어떻게 다 머

김해 분성산 꼭대기에 있는 천문대.

맑고 밝은 별 하나. 눈 감고 흠흠흠 들이켜 보시라. 그 별, 마음에 들앉아 마음을 문지른다. 그 별, 긴긴밤 허황옥을 이끌었듯 마음의 하늘에 높이 떠서 그대를 이끈다.

릿속에 담아 둘 셈인가. 그러나 남는 건 있다. 분명 있다.

맑고 밝은 별 하나. 눈 감고 흠흠흠 들이켜 보시라. 그 별, 마음
에 들앉아 마음을 문지른다. 마음에 들앉아 마음을 문지르는 맑고
밝고 그리고 따뜻한 별 하나. 그 별, 긴긴밤 허황옥을 이끌었듯 마
음의 하늘에 높이 떠서 그대를 이끈다. 마음의 하늘 높이 별이 뜬
그대가 허황옥이다. 허황옥이 찾아가는 지아비다.

낙동강 하구의 노을

낙동강에 노을 진다. 가락의 동쪽, 낙동. 굽이굽이 물결치고 굽이굽이 물이랑 이는 낙동의 강물에 노을 진다. 노을을 배경으로 일제히 날아가는 새떼들. 일제히 사라지는 새떼들. 새떼를 바라보는 사람들 마음에 노을, 진다.

마음에 노을 진 사람들을 붙들어 세우는 섬, 을숙도. 을숙도(乙淑島), 잘 지은 이름이다. 낙동의 강물에 을(乙)자 모양으로 떠 있는 새. 새인 듯 떠 있는 섬. 배가 다가가자 물살 가르며 푸드덕 달아나는 새. 푸드덕 달아날 것만 같은 섬.

사람은 사람 나름이다. 노을을 배경으로 누구는 사진을 찍고 누구는 멍하니 앉아서 갈대처럼 흔들린다. 누구는 수면을 박차고 튀어 오르는 숭어를 보라며 손가락질을 하고 또 한다. 사진을 찍는 사람도 흔들리는 사람도 손가락질하는 사람도 다 다홍빛이다. 감나무에서 간들거리는 홍시다.

어느 날이던가. 감빛에 발그레 취해서 하단 나루터로 나가는 나룻배를 놓친 그 날. 불러도 불러도 사공은 나타나지 않고 사공을 기다리는 반나절 배에 매여 이리 삐거덕대고 저리 삐거덕대던 노. 삐거덕대던 소리들. 젊은 날 삐거덕대던 내 안쪽 풍경.

안쪽 풍경에 민물 게 몇 마리 담겨 있다. 갯벌에 숨구멍 내고 구멍 난 갯벌로 나를 끌어들이던 게. 숨 막히던 젊은 날. 나도 그 구멍으로 숨어들고 싶었던 걸까. 숨어들어 후유후유 숨구멍을 트고 싶었던 걸까. 세상으로 나가는 나루터를 내 마음 안에서 걷어 내고 싶었던 걸까.

강의 노을 진 서쪽에 진해 천자산 능선이 분명하게 드러난다. 마음을 끈다. 왜 *끄는가*. 노을이 져서 *끄는가* 분명해서 *끄는가*. 쭉쭉 뻗은 산 쭉쭉 뻗은 능선 그리고 쭉쭉 뻗은 강줄기. 다시 봐도 볼 만하다. 왜 볼 만한가. 노을 져서 볼 만한가. 쭉쭉 뻗어서 볼 만한가.

쭉쭉 뻗은 강줄기를 따라 천리도 더 되는 길을 밀며 내려온 저 강물. 때로는 흙탕물 일으키며 때로는 소용돌이치며 마침내 느긋함을 얻은 하구의 저 너른 강물. 바다로 빠져나가기 직전 강물이 느긋함을 얻듯이 격정에 이글이글 불타던 태양도 노을 무렵은 느긋하다. 천자산 저 능선은 태양의 하구다. 하굿둑이다.

낙동강과 함께 낙동강 노을은 사람들 마음을 느긋하게 한다. 낙동강 하구를 끼고 이쪽저쪽에 나눠 사는 부산과 경남사람에게 자신을 반추하는 시간을 갖도록 한다. 바다의 풍파에서 얻기 십상인 직설적이고 딱딱한 기질을 주물러서 무르게 한다.

낙동강 노을은 감내하기 벅찬 격정을 누그러뜨린다. 마음속의 불, 심화를 진정시킨다. 세상을 보는 안목을 기른다. 세상을 다르게 보는 안목을 기른다. 여기 토박이들이 일을 벌일 때 처음엔 서두른다 싶을 정도로 밀어붙이다가도 느긋하게 끝을 보는 성정은 햇살이 작렬할수록 차분하게 퍼지는 낙동강 노을 덕분이다.

구포 방면으로 김해 방면으로 진해 방면으로 귀가하는 퇴근버스 안. 감빛 노을이 창문을 제치고 들어와 서 있는 사람도 앉아 있는 사람도 물들인다. 많이 지친 사람도 덜 지친 사람도 으레 노을 지는 쪽으로 고개를 돌린다. 사람들을 고개 돌리게 하는 힘, 낙동강 노을이 갖는 미덕이다.

노을 지는 산하에 고개 돌려 본 사람치고 악한 사람이 있을까. 마음에 노을을 담은 사람치고 서정적이지 않은 사람이 있을까. 얼굴 발개지던 첫사랑 추억에 젖어 보지 않은 사람이 어디 있을까. 노을이여 첫사랑이여, 시 한 편 궁리해 보지 않은 사람은 또 어디 있을까.

을숙도 맞은편 아파트 베란다 유리문이 노을을 받아 반사된다. 유리문 안에서 누군가는 이쪽을 보고 있을 것이다. 노을을 보고 을숙도를 보고 강물을 보고 있을 것이다. 떨어져서 보면 그지없이 흡족한 풍광이지만 가까이서 보면 을숙도는 이미 섬이 아니다. 강물은 푸르죽죽 멍들어 있다. 사람이 손대지 못한 노을은 예나 지금이나 여전한데 사람이 손댄 섬은 강물은 여전하지 않다.

낙동 노을은 값지다. 여전해서 값지다. 사람이 살아가면서 결단코 변하지 않는 모습 하나쯤 간직할 수 있다는 게 좀 흐뭇한가. 전에도 그랬고 앞으로도 그러리라는 철석같은 믿음 하나쯤 아들에게 딸에게 고스란히 넘겨줄 수 있다는 게 좀 다행인가. 좀 흐뭇하고 좀 뿌듯한가.

노을을 배경으로 날아가다가 일제히 사라진 새떼들 대신에 몸집이 더 크고 날갯짓도 의젓한 새가 노을 안으로 들어온다. 노을은 흥이 난 듯 더 발갛고 더 '볼갛다'. 저 정도에도 저러는데 철새 떼가 수만 마리 수십만 마리 본격적으로 찾아들면 더 더 발갛지 싶고 더 더 볼갛지 싶다.

갈대가 멀쑥한 허우대를 주책없이 까닥대는 것도 제 딴엔 흥이 난 때문이리라. 흥이 나서 표정관리가 안 된 탓이리라. 노을과 새와 갈대가 하는 짓이 하도 '이뻐서' 사람들은 벌린 입을 다물지 못한다. 입을 벌린 채 발갛게 볼갛게 물들어 간다. 주책도 없이.

천리 머나먼 길을 내달려온 강물이 잠시 쉬시다 가는 곳, 낙동강 하구. 강을 가리키면서 부산환경운동연합 이성근 사무처장은

마음에 노을 진 사람들을 붙들어 세우는 섬, 을숙도(乙淑島), 낙동의 강물에 을(乙) 자 모양으로 떠 있는 새. 새인 듯 떠 있는 섬. 배가 다가가자 물살 가르며 푸드덕 달 아나는 새. 푸드덕 달아날 것만 같은 섬.

일침을 찌른다.

"강이 살아야 사람이 산다."

맞는 말이다. 백번 옳은 얘기다. 물 없이는 살 수 없으며 좋은 물은 좋은 강에서 나온다. 그런 소중한 강을 물들이면서 노을이 진다. 사람들 마음을 적시면서 씻기면서 사람들 마음으로 스며드는 강. 낙동강에 노을, 진다.

함안 채미정

곶감이다. 꽃감이다. 꽃 같은 감이다. 길가 촌집들을 넘보며 지나다가 선다. 대문은 열려 있고 점심 무렵 햇볕이 모조리 마실 나온 성싶은 촌집. 마당 안쪽엔 대나무 장대가 횡으로 걸쳐 있다. 대나무 장대에 간격을 맞춰 매단 곶감. 간격을 맞춰 꽃핀 꽃감. 들어간다.

"사진 좀 찍어도 되겠습니까?"

곶감 아래서 김장김치를 버무리던 아주머니 둘, 누군고 본다.

한 마디 두 마디 말이 오간다. 말만 오가기 뭐해 김장김치를 맛보이고 "김치만 먹어서 우야겠노. 밥 있는데 한 그릇 퍼다 줄까?" 밥도 내놓는다. 도회지 나간 자식들 대하듯 대한다. 얘기 중에 함

채미정 가는 길가 집 마당에서 김장을 담그는 아주머니.

채미정은 청정한 기상이고자 했던 생육신 조려가 세상을 등지고 소요한 곳에 세운
정자다.

안 조씨가 나오고 한 아주머니가 무어라고 물어본다. 사투리 탓에 말이 빠른 탓에 무슨 말인지 제대로 못 알아듣고 엉겁결에 예라고 얼버무리자 더 챙겨 준다. 국까지 '뎁혀서' 내온다. 상을 차린다. "아저씨도 조씬교?" 나중에 되짚어 보니 물은 말이 대충 그렇지 싶다. 이 근동은 함안 조씨 집성촌이다.

대문 밖은 차가 쌩쌩 달리는 한길이다. 한길을 건너면 경전선 기찻길이고 기찻길 너머는 동네사람들이 고암바위라고 부르는 벼랑이 있는 계곡. 계곡물은 남강으로 흘러간다. 수심이 있어 보이고 수초가 넉넉하다. 영판 낚시터다. 여기 계곡이 알려진 시기는 지금부터 6백 년 전. 어린 단종이 삼촌에게 임금 자리를 빼앗기고 사약을 받고 하던 그 무렵이다. 세상에 그런 무도한 일이 어딨냐며 보장된 출셋길을 내다 던지고 귀향한 어계(漁溪) 조려(趙旅). 생육신 한 사람 조려가 울분을 삭이며 낚시하던 곳이 이 계곡이다. 어계, 계곡에서 고기를 잡는다는 뜻이다.

百世淸風(백세청풍). 고암바위 편평한 면에 쓰인 글자다. 물기를 머금은 맑고 시원한 바람이 부는 글자다. 글자가 커다랗다. 큰데다 허연 페인트로 써서 금방 띄지만 한적한 주변 풍광과는 어울리지 않는다. 이곳에서 낚시로 여생을 보낸 어계 선생을 기리고 선생의 삶을 기리는 후손들 마음이겠지만 지나치다. 과유불급이다. 과공비례다. 어쨌거나 대대로 청정한 바람이고자 하던 선생의 정신과 기상을 함축한다. 백세청풍 네 글자를 볼 수 있는 곳은 또 있다. 채미정(采薇亭)이다.

'앞에는 백이산이 나직이 솟아 흩어진 벌판 역사도 깊다.' 올해 81회 졸업생을 낸 함안 군북초등학교 교가 앞대목이다. 아이들이 다니는 학교 교가에 나올 정도로 백이산은 함안 얼이 배인 산이다. 그 얼은 어계 선생 그것과 맞닿는다. 고사리를 뜯어먹고 연명했다는, 한자말로 채미했다는 백이숙제 두 형제를 연상시키는 백이산 두 봉우리. 채미정은 백이산 형제 봉우리가 한눈에 잡히는 곳에 세운 정자다.

고암바위가 있는 하림마을에서 진주 반성 방면으로 5분 정도 달리면 원북마을이 나온다. 차 진행방향으로 오른쪽에 선생을 비롯한 생육신을 기리는 서산서원이 있고 냇물이 흐르는 왼쪽에 있는 정자가 채미정이다. 선생의 9세손 조영이 의령현감으로 있으면서 남긴 '채미정기(記)'를 보면 서원과 정자 사이는 어계가 지팡이를 끌고 조석으로 소요하던 오솔길. 연못과 암석 경관이 빼어난 자리에 어계 사후 정자를 세운다. 어계가 쓴 글 '구일등고 시'가 백이의 '서산채미가'와 기품이 같다 해서 채미정으로 작명한다.

채미정. 널찍한 누마루가 있고 누마루 양쪽 기둥에 '백세'와 '청풍'을 각각 새긴 현판 둘, 호위라도 하듯 시위라도 하듯 다부지다. 마당에 연못이 있고 연못엔 둥그스름한 구름다리가 있다. 5백 년 묵은 은행나무가 털어 낸 단풍으로 마당이 노랗다. 연못도 구름다리도 노랗다. 정자 앞은 냇물. 냇가엔 갈대가 날린다. '갈대꽃은 강가에 눈발처럼 휘날리고 단풍잎은 양지쪽을 비단같이 물들였네.' 구일등고시 그대로다.

9월 9일 중양절에 산등성이 올라 지었다는 구일등고시. 끝대목이다. '가여워라 이 늙은이 오래 삶이 괴롭다. 마음속 그리운 님 잊을 수가 없다.' 그리운 님은 단종이다. 어계는 단종이 사약을 받았다는 비보를 접하고 영월로 가서 시신을 거두고 장례를 치른다. 그리고는 세상을 등진다. 세상에 역류한다. 남쪽이 높고 북쪽이 낮아 역류하는 함안의 물줄기처럼.

어계가 자란 어계고택을 찾아가는 길. 나이 지긋한 동네 어른께 길을 묻자 말이 끝나기도 전에 "어계 할아버지?" 그런다. 그러면서 고택뿐 아니라 태어난 곳을 알리는 표지석 자리, 어계가 동서남북 방향을 잡기 위해 열십자를 새겨 넣었다는 개구리바위까지 알려 준다. 올해 일흔하나 조용방 선생이다. 어계 16대손이다. 얘기 도중에 '우리 어계 할아버지 우리 어계 할아버지', 대여섯 번은 언급한다. 채미정 일대에선 어계가 6백 년 전 선대가 아니라 같은 시대를 살고 있는 동시대 어르신이다.

사육신 생육신. 충신들을 달달 외우던 십대 시절. 꽃봉오리가 도톰하던 시절. 도톰하던 시절은 꽃이 피는 것도 모르게 지는 것도 모르게 지나가고 도톰한 시절이 있었는지조차 가물거린다. 채미정 앞. 바람에 날리는 갈대를 본다. 흘러가는 냇물을 본다. 날리는 갈대 흘러가는 냇물. 나는 어디에서 날리는가. 어디로 흘러가는가.

통영 남망산과 한려수도

거제 쪽 하늘부터 밝아진다. 새파랗다. 좀 전까지 새파랗던 별들이 새파란 하늘과 겹쳐져 윤곽을 허문다. 윤곽을 허물어서 별이 하늘이 되고 하늘이 별이 된다. 별과 하늘이 차이를 버리고 높고 낮음을 버리고 하나가 된다.

지금 서 있는 곳은 통영 중앙시장 선창가. 밧줄로 배와 배를 묶은 배들이 곧게 뻗은 선창가에 얼기설기 정박해 있다. 장어 따위를 낚는 통발어선과 크기가 고만고만한 이런저런 고깃배들이다.

배가 흔들리면 묶인 배도 따라서 흔들린다. 흔들리면서 부딪치고 떨어졌다가 부딪친다. 흔들리면서 부딪치면서 바다는 소리 속으로 가라앉는다. 소리가 입을 열 때마다 소리 속에 가라앉은 바다가 갯물을 토한다. 토하는 바다에 놀라 갈매기들, 끼룩끼룩 흩어진다.

통영의 빛과 색은 예술이 8할을 차지한다. 화가 김병종이 통영에 헌납한 찬사다. 찬사대로 통영은 예술의 도시다. 통영 출신 작곡가 윤이상을 기리는 국제음악제가 해마다 열리고 '시서화 삼절(詩書畵 三絕)'로 불리는 초정 김상옥, 꽃의 시인 김춘수와 토지 박경리도 통영 출신이다. 집집마다 식당마다 내걸린 이발소 그림 수준을 벗어난 작품도 통영에 배인 빛과 색이다. 소 그림 발가벗은 아이 그림 이중섭도 통영 빛과 색이다.

내가 서 있는 선창가의 매립되기 이전 1960년대식 이름은 갯문가. 갯문가임을 알려주는 표지판이 날이 밝으면서 선창가에 드러난다. 2백 자 원고지 바탕에 필기체 글을 칸칸이 새겨 넣은 청동 표지판이다. 글은 1962년에 발표된 박경리 소설 『김藥局의 딸들』한 대목이다.

동헌에서 남문을 지나면 고깃배, 장배가 밀려오는 갯문가, 둥그스름한 항만이다. 항만 입구 오른편이 동충이며 왼편이 남망산이다. 이 두 끄트머리가 슬며시 다가서서 항만을 감싸주며 드나드는 배를 지켜보고 있었다.

날이 훨씬 밝다. 가로등을 꺼도 될 만큼 밝다. 밝으면 슬며시 다

여황산 부벽루에서 바라본 통영항 전경.

가운데 남망산이 턱 하니 버티고 서니 그 옆이 배들의 정박지 강구안이다. 저 멀리

한산도가 보인다.

가서서 항만을 감싸주는 두 끄트머리가 보이려니 바랐지만 냉동 창고 같은 밋밋한 건물들이 끄트머리를 가린다. 왼편 남망산의 바다 쪽 완만한 능선을 보며 끊어진 끄트머리를 짐작해 본다.

남망산(南望山). 해발 80m에 불과한 높달 것도 없는 동산이다. 그렇지만 통영을 한사코 토영이라고 발음하는 통영 토박이들에겐 내면의 울림 같은 산이다. 아들딸과 그 아들딸이 누대에 걸쳐서 찾는 족보 같은 산이다. 23세때 통영을 떠나 40년 만에 남망산 정자 수향정을 찾았다는 노부인 독백처럼 멀리 보며 넓게 보며 살아가야 하는 안목을 가르치는 회초리 같은 산이다.

통영은 바다도 땅도 이순신이다. 수향정을 찾은 토박이들은 남망산에서 희끔하게 보이는 한산섬을 가리키면서 아들딸에게 한산대첩을 들려준다. 아들딸의 아들딸에게 왜군 주력함대를 수장시킨 학익진(鶴翼陣)을 양팔 펼쳐 가며 실감나게 들려준다. 이순신이 봉직하던 삼도수군통제영 줄임말이 통영이며 국보 305호 세병관, 충무공 위패가 봉안된 충렬사, 충렬사 앞에 있는 우물 명정, 충무공 사당 효시인 착량묘, 중요무형문화재 21호 승전무가 이순신을 역사책 책갈피에서 불러낸다. 호령하게 한다.

남망산에서 보면 바로 앞에 상죽도 하죽도 두 다부진 섬이 수문장처럼 버티고 선 한산도는 섬 전체가 이순신이다. 달 밝은 밤 일성호가에 애끊던 수루며 바다 건너에 과녁을 세워 두고 살을 날리던 활터인 한산정이며 충무공이 창건한 수군본부 제승당이며를 품고 있다. 무엇보다 이순신 거북선 함대가 오가던 한산도와 여수 사이 바닷길, 한려수도가 시작되는 섬이다.

한산섬 뒤로 옆으로 퐁당퐁당 징검돌 같은 섬들. 용초도 비진도 오곡도 학림도 연대도 가마섬 쑥섬 곤리도 소장군도 나무여 물숭여. 비진도에서 욕지도 쪽으로는 우도 연화도 녹운도 초도가 아스라이 펼쳐진 한려수도는 섬을 징검다리 삼아서 열어 가는 물길이다. 물 위의 길이다.

저 섬 곳곳에, 열렸다가 지워지고 지워졌다가 열리는 저 물길 곳곳에 이순신은 호령을 묻는다. 일성호가를 묻는다. 원통하고 분통해서 잠 못 이뤄 핏발선 눈을 적신다. 서해어룡동(誓海魚龍動). 고기와 용을 솟구치게 한 그 맹서가 밤낮으로 물결친다. 뱃전을 두드린다.

장삼이사 혼백들이 저 섬을 저 바다를 떠돌며 다녔으리. 혼백의 아낙은 그 자식은 또 얼마나 비통을 삼켰으리. 혼백과 살아남은 자 비통이 뒤엉켜 섬은 출렁거렸으리. 섬을 에워싼 바다 또한 매몰차게 철썩거렸으리.

통영사람은 자기를 지칭하는 말로 '나가'를 쓴다. 상대가 어른이든 어려운 분이든 개의치 않는다. '내가'도 아니고 '제가'는 더욱 아니고 오로지 '나가'를 써 '나'를 도드라지게 내세운다. 억센 토박이 억양에 맞물려 듣기에 따라선 대단히 도발적인 '나가'는 그러나 통영사람 기질과 애환을 가감 없이 드러낸다.

'나가'는 곧 우리 할배가 목숨 걸고 저 바다와 이 나라를 지켜 내었다는 다부진 자긍심의 함축이다. 굽히지 않는 얼의 압축이다. 혼백을 부둥켜안고 비통을 삼켰던 아낙과 그 자식의 옹골진 각오다. 파도와 짠바람, 짠내 나는 세월을 헤쳐 나가 우뚝 선 자만이 갖는 자존이다.

통, 영, 나지막이 불러 본다. 빈속이 따갑다. 흔들리는 배를 오래 쳐다본 탓인지 속이 울렁대는 것 같기도 하다. 날이 밝으면서 항구는 출항 채비로 부산하다. 이제 막 방향을 튼 고깃배 전조등이 우두둑 기지개를 켜는 통영항구를 훑고서는 난바다로 나아간다.

범일동 증산

부산 정신은 '전사이 가도난(戰死易假道難)'이다. 길을 내어주느니 차라리 죽겠다이다. 지킬 건 지키겠다이다. 송상현 조영규 노개방 문덕겸 양조한 송봉수 김희수 신여로 김상 금섬. 그리고 3천 명이 넘는 남자들 여자들, 어른들 아이들. 동래성전투에서 그들은 그렇게 죽는다. 죽어서 이름을 남긴다. 죽어서 부산 정신을 내보인다.

부산 정신을 단호하게 내보인 이는 동래부사 송상현이다. 송상현과 동래사람이다. 송상현을 송상현이게 만들고 동래사람을 동래사람이게 만든 동력은 부산진전투이다. 동래성전투보다 하루이른 부산진전투는 임진왜란 첫 전투이다. 이 전투에서 지휘관과

병사와 부산진사람이 왜놈들 총질에 왜놈들 칼질에 다 죽었다는 비보를 접하곤 동래가 분기탱천한다.

부산진전투 지휘관은 첨사 정발이다. 검정색 갑옷을 입고 왜군을 베었다 하여 흑의장군으로 불린다. 부산진성이 뚫리고 백병전이 벌어지자 흑의장군 가까이는 가지 말라는 사발통문이 왜군 사이에 나돈다. 장군 기세에 눌린 탓이다. 왜군 시체를 세 군데에 쌓을 정도로 맞서지만 성은 기어이 뚫린다.

1592년 음력 4월 14일 오전. 정발은 마지막 명령을 내린다.

"나는 마땅히 이 성의 귀신이 되리라. 떠날 사람은 떠나라."

2만 명 가까이 되는 왜의 정규군과 남녀노소 다 합쳐 3천 명이 될까 말까 한 부산진사람과의 전투는 해 보나 안 해 보나 뻔한 것. 뻔한 줄 알면서도 부산진사람은 싸웠고 이제 떠나지 않으면 어떻게 된다는 걸 알면서도 떠나지 않는다. 앉아서 죽는다. 죽어서 부산 정신을 내보인다.

정발 장군이 전사한 자리는 부산진성 남문이다. 남문이 있던 곳은 현재 좌천동 일신기독병원 근처 정공단. 정공단은 정발 장군을 추모하는 제단으로 장군이 조총 맞고 전사한 자리에 망유지(亡遺祉)라는 표지석이 있다. 즉 표지석이 있는 자리에서 장군이 피를 흘리고 쓰러진다. 표지석 뒷면에 공이 임진 4월 14일 이곳에서 순절했다(殉節此地)라고 새겨져 있다. 영조 42년(1766년) 부산진첨사 이광국이 세운다는 문구도 보인다.

정공단 망유지 표지석.

정공단은 정발 장군을 추모하는 제단으로 임란 때 장군이 조총 맞고 전사한 자리에
망유지(亡遺祉)라는 표지석이 있다. 표지석 좌우에는 삿갓이 없는 비석이 네 기 있
다. 정발 장군이 순절할 때 함께 순절한 부산진사람을 기리는 비석이다.

표지석 좌우에는 삿갓이 없는 비석이 네 기 있다. 삿갓이 없다는 건 벼슬이 없거나 있어도 높지 않다는 뜻이다. 정발 장군이 순절할 때 함께 순절한 보통의 부산진사람이다. 장군의 시신을 안은 채 목을 찔러 자결한 첩 애향, 당당한 죽음을 맞은 충복 용월, 장군의 막료 이정헌, 그리고 이름을 남기지 않고 순절한 모든 부산진사람을 기리는 비석이다. 일제는 이 비석들이 꼴 보기 싫다고 내팽개치지만 광복 후 제자리를 찾는다. 순절한 4월 14일 제사를 지낸다.

정공단 바깥 담벼락으로 좁고 누런 계단길이 있다. 계단길을 올라가면 제일아파트가 나오고 제일아파트에서 조금 더 올라가면 좌천아파트가 나오고 좌천아파트 뒤는 숲이 약간 보이는 산꼭대기. 꼭대기라곤 하지만 밋밋하다. 밋밋한 산이다. 아파트들이 없고 이런저런 건축물들이 없다면 정공단에서 꼭대기까지는 같은 산자락이다. 같은 '삐알'이다.

임진왜란 당시엔 부산진성 안에 이 밋밋한 산이 있고 산 바로 아래에 성문이 있었다는 얘기다. 별로 높지도 않는 밋밋한 산을 중심으로 부산진이 형성되고 유사시에는 성문을 굳게 닫았다는 얘기다. 이 산이 증산이다. 실제로 부산진성의 부산이란 지명도 이 증산에서 비롯된다. 증산 옛이름, 정확하게는 임란 이전 증산 이름이 부산이다. 부산이 왜 부산인지 알려면 증산을 먼저 알아야 한다.

지금은 밋밋하지만 부산으로 불리던 당시에는 꼭대기가 솟아올랐다고 한다. 가마솥 솥뚜껑처럼 솟아올랐다고 한다. 그래서 가마솥 부(釜)를 써 부산이다. 가마솥 꼭대기를 깎아 내어 부산은 밋밋해진다. 부산진성을 점령한 왜군이 성을 하나 더 만든다고 꼭대기를 펑퍼짐하게 깎아 내어 밋밋한 부산이 된다. 밋밋한 게 떡시루 같다 해서 시루 증(甑)을 써 부산은 증산이 된다. 꼭대기 가는 길에 널브러진 해묵은 돌들이 당시 왜성 흔적이다.

이름이야 무엇으로 불리든 증산은 부산의 뿌리다. 부산이란 지명의 뿌리고 전사이 가도난, 부산 정신의 뿌리다. 앞서 부산을 살다간 이들이 뼈를 묻은 성소다. 실제로 1960년대 중반까지만 해도 증산은 공동묘지. 인근에서 학창시절을 보낸 소설가 박영애는 단편소설 「피카소風의 그림이 있는 풍경」을 통해 공동묘지를 복원한다. 묘지를 마구 밀어붙이던 불도저를 복원하고 뒹굴던 유골들을 복원하고 움푹 파인 구덩이에서 뛰어놀던 아이들을 복원한다. 아낙들이 흙더미에서 뼈를 골라 놓으면 일당 백 원짜리를 받는 노인네들이 그것을 자루에 담아 끌고 가던 풍경이 괴기스럽다. 피카소 그림 같다.

묘지를 밀고 들어선 건 동물원. 산꼭대기에 무슨 동물원, 하겠지만 육십년대 칠십년대 동물원이 누린 인기를 생각하면 일견 수긍은 간다. 돈줄이 말랐던지 사고가 났었던지 동물원은 얼마 안 가서 문을 닫고 동물들이 기거하던 우리는 오갈 데 없던 도시빈민과 대책 없이 도시로 나온 이농민 임시거처가 된다. 지붕이 있는 동물우리를 차지한 사람은 그나마 다행이었다고 박영애 소설가는 기억한다. 이름이야 무엇으로 불리든 쓰임새야 어찌 되든 증산은 부산의 대물림이다. 증산은 부산의 부분이자 증산의 부분부분이 곧 부산이다.

증산 꼭대기에 선다. 부산항이 죄 보인다. 영도가 보이고 해양대가 있는 조도가 보이고 그 너머는 대마도를 감추고 있는 수평선이다. 수평선을 넘어와 부산포 나룻배 나른한 바다를 물 반 배 반, 난장판으로 만들었을 7백 척의 왜선. 얼마나 놀랐을까. 얼마나 겁먹었을까. 산을 넘어 개금 쪽으로 가야 쪽으로 얼마나 달아나고 싶었을까. 아이 울음소리 들린다. 엄마 절규가 들린다. 임진년 산하를 핏물들인 봄꽃 같은 이들. 바다 한파가 꼭대기까지 들이닥쳐 웅웅웅 바람소리를 낸다. 진혼곡 같다. 웅웅웅, 증산이 울먹인다.

밀양 감내

밀양을 대표하는 강은 밀양강이다. 밀양을 관통해 낙동강과 합류한다. 감내는 그 밀양강으로 흘러드는 하천이다. 밀양강 지류다. 물의 양도 그저 그렇고 물이 흐르는 속도도 그저 그렇다. 지류에 불과한 감내엔 그러나 밀양 정신이 녹아서 흐른다. 밀양 정신이 녹아서 밀양강으로 낙동강으로 흘러간다.

감천(甘川)으로도 불리는 감내는 밀양시 부북면에 있다. 밀양엔 부북이 있다고, 부북을 세상에 본격적으로 알린 이는 조선 초기 문인 점필재 김종직이다. 김종직이 있어 부북의 산과 내가 알려졌고 부북이 있어 김종직이 맥을 이어간다. 부북과 김종직은 동격이다.

부북면 제대리. 생가와 묘소가 금방 태어나신 듯 금방 돌아가신 듯 고이 보존된 동리다. 제대리와 인접한 후사포리. 일제가 둑을 쌓기 전에는 모래포구가 있었다 해서 사포란 이름을 갖고 있는 이곳엔 예림서원이 있다. 김종직을 기려 임금이 현판을 하사한 사액서원이다. 감내란 이름엔 김종직이 태어나자 사흘 동안 물맛이 달아서 지어졌다는 속설이 전해진다.

점필재 김종직. 그는 누구인가. 죽은 지 오륙 년이 지나서 무덤이 파헤쳐지고 시신마저 찢긴 비극의 정치인. 생전에 지은 문집마저 임금이 불 질러 버리라고 엄명한 비운의 문인. 그럼에도 영남 사림파 개조(開祖)로 불리는 대학자. '아닌 것은 아니오', 송곳 같은 기백을 살아서도 죽어서도 밀양 하늘에 드날린 풍운아 김종직, 그는 누구인가.

연산군 무오년에 평지풍파를 일으킨 김종직 글 한 편, 조의제문(弔義帝文). 진나라 항우가 폐위시킨 초나라 의제(義帝)를 애도한 글이다. 이 글로 글을 쓴 김종직은 물론이고 김종직을 따르던 사림파가 풍비박산 난 게 무오사화다. 단종을 폐위시킨 세조를 비꼰 글이니 대역무도라는 비방을 모함을 연산군이 기꺼이 받아들여 찬바람 피바람 불어 댄 사화다.

김종직. 점필재 학풍은 고려 말 포은 정몽주, 야은 길재 학풍이다. 전향을 거부하고 피살된 정몽주, 두 임금을 섬길 수 없다며 낙향한 길재. 포은과 야은은 평생 뜻을 같이 한 동지며 야은은 김종직 아버지 김숙자의 스승이다. 포은과 야은을 잇고 아버지를 이어서 목에 칼이 들어와도 할 말은 하는 기개, 손해 볼 줄 알면서도 명분이 서지 않으면 천부당만부당 나서지 않는 대의가 점필재 김종직 학풍이다.

김종직 학풍을 본받아 절의(節義)를 본받아 모인 게 영남 사림파다. 요샛말로 글이 좋아서 사람이 좋아서 시키지도 않는데 모인 학인들이다. 김종직을 따라서 벼슬길에 나선 사림파는 언론과 문필을 담당하는 사간원 사헌부 홍문관, 소위 3사에 주로 들어가 집권세력 잘못을 꼬장꼬장하게 꼬집는 악역을 도맡는다. 꼬집혀 반감을 가진 자들이 일머리를 꼬고 꼬아서 앞서의 사화가 일어난다. 사화 때 화를 당한 사림파는 연산군 다음 임금인 중종 때 복권된다.

감내다리에 서서 내려다본다. 물이 맑다. 물밑에 널린 자갈이며 떼 지어 노니는 산천어 지느러미가 훤히 보인다. 물의 양은 강에 견줄 바 아니 되지만 물이 깨끗하기로는 내세울 만하다. 물이 흐르는 속도는 강에 견줄 바 아니 되지만 발원지이자 밀양 진산인 화악산 산세가 시야에 잡히는 눈맛만큼은 내세울 만하다.

김종직이 태어나고 운명한 생가에서 이곳 감내까지는 손바닥 안이다. 생가에서 차를 타자마자 이내 도착한 곳이 감내다. 김종직이 상경하기 전, 그리고 동래 온천에 요양하러 간다는 핑계로 관직을 버리고 귀향한 후는 일삼아 감내로 산보 나왔지 싶다. 물소리 삼키며 숨을 골랐지 싶다. 김종직을 보려고 김종직을 들으려고 밀양사람들, 다리에 윤때가 나도록 감내를 건넜지 싶다.

다리 위, 몸에 감기는 기운이 서늘하다. 기운에 물기가 배어서다. 물기 배어 서늘한 밀양의 기운. 서늘한 밀양 기질. 대략 짚어봐도 고려 때 민란인 '효심의 난', 철종 임술년 농민봉기, 일제 강점기 조선인의 의분이자 열화이던 의열단 단장 약산 김원봉, 밀양 경찰서에 폭탄을 터뜨린 최수봉. 기질이 서늘한 밀양사람은 사리에 어긋나면 대번에 언성을 높인다. 따지고 든다. 밀양의 진면목이다. 서늘하고 시퍼런.

밀양 민속놀이 중에 감내게줄당기기란 게 있다. 토박이말로는 끼줄땡기기라고 한다. 감내에선 게가 잡혔던지 많이 잡히는 목을 차지하려고 주민들 사이에 다툼이 잦았단다. 줄당기기를 하여 승부에 따라 목을 정하자고 안을 내놓은 게 이 놀이란다. 말하자면 아는 처지에 싸우지들 말고 잘 지내 보자 해서 시작된 놀이고 전승된 놀이다.

편은 상감마을과 하감마을로 가른다. 필승과 마을의 안녕을 바라는 당산제를 지낸 뒤 지신밟기, 밀양덧뵈기춤으로 흥을 한바탕 돋운다. 얼쑤얼쑤 어깨춤에 감내 벌판이 들썩거린다. 줄도감이 징을 두드리면 드디어 줄당기기 시작. 영차영차 함성이 감내를 가르고 밀양강을 가른다. 일백을 세는 동안에 승부가 판가름나며 이긴 편과 진 편은 더불어 춤추며 노래 부른다. 더불어 얼큰해진다.

감내를 작은 하천이라고 낮추어 보지 마라. 밀양의 기질에서 발원하여 조선 사림의 큰 물줄기를 이루었던 점필재 김종직 선생의 맥이 흐르는 곳이다. 그리하여 감내는 밀양강에 이르고 다시 낙동강의 대하로 흐르지 않는가.

한 사람 한 사람을 놓고 보면 밀양사람은 서늘하다. 서늘해서 엔간하면 굽히지 않는다. 아니다 싶으면 온몸을 내던져 거부한다. 개개인은 서늘해서 선뜻 섞이지 않을 성한데 전체를 놓고 보면 또 그렇게 잘 뭉치는 게 밀양사람이다. 아니다 싶으면 전체가 뭉쳐서 물리친다. 밀양사람 개개인 서늘한 기질도, 영차영차 뭉치는 기질도 두루두루 보여 주는 감내. "뭘 그렇게 보누?" 근처에서 나락을 말리던 푼더분한 아낙, 궁금한 듯 다가와서는 다리 아래를 두리번거린다.

의령 설뫼

경남 의령 설뫼. 마을이름이다. 토박이말로는 설미. 대충 보기에도 몇 대는 거쳤을 것 같은 기와집이 들어선 마을. 돌담이 흙벽이 사진을 찍는 사람 마음에 푸근하게 담기는 마을. 마을 앞 널찍한 밭은 마늘밭. 아이팔목 길이쯤 자란 마늘 파릇한 이파리들이 마을에 매운 내를 불어넣는다. 돌담 틈새로 흙벽 갈라진 틈새로 마늘내 배인 매운 마을, 설미. 설뫼.

설뫼 한자명은 원래 설산(雪山). 눈 쌓인 산의 풍광이 멋지다 해서 붙여진 지명이다. 눈, 그리고 눈 사이의 좁다란 길, 소나무 몇 그루. 담백한 수묵화를 연상시킨다. 설뫼의 지금 한자명은 그러나 설 입(立)을 써서 입산(立山). 수묵화를 연상시키는 지명을 버린 데는 사연이 있다. 낙동강으로 흘러드는 큰 도랑을 사이에 둔 도랑 저쪽 경산(景山) 마을에 그 사연이 걸쳐 있다.

경산 경은 볕 경이라서 볕뫼, 볕미로도 불린다. 안씨가 집성을 이룬 설뫼와 달리 이씨 정씨 집성촌이다. 설뫼와 볕뫼는 마을 이름에 자부심이 대단해 자기들 이름이 멋지다고 입씨름을 벌였다고 한다. 그러던 차에 눈 쌓인 산이 아무리 멋지기로서니 볕이 나면 녹아 버리지 않느냐는 볕뫼의 논박에 눈 설을 버리고 꼿꼿이 서겠다, 입산이 되었다는 사연이다.

눈 쌓인 산, 설뫼. 꼿꼿하게 선 산, 설뫼. 한자말이 어떻게 되든 설뫼는 산이다. 당차다. 마을은 낮고 푸근한데 마을 앞을 가로지르는 도랑은 느리고 나직한데 설뫼를 감싸는 기운은 당차다. 우렁차다. 큰 인물 아니면 큰 역적이 나온다는 풍수 예언이 다행히 좋은 쪽으로 맞아떨어져 충절의 고장 의령이 이름값을 하게 한 마을, 설뫼. 설뫼의 매운 내. 한겨울일수록 돋보이는 설뫼 파릇파릇한 기운들.

홍의장군 곽재우와 함께 조선을 지킨 의병장 안기종도 설뫼사람이지만 근현대 설뫼의 매운 내는 단연 안희제다. 눈 쌓인 흰 산, 백산(白山)을 호로 썼던 사람. 평생을 파릇하게 산 사람. 독립운동한 죄로 감옥에서 모진 고초를 겪다 출옥한 지 세 시간 만에 숨진 사람. 고향 의령땅에 백산로, 부산 동광동에 백산거리, 도로에 거리에 호를 붙인 사람. 백산 안희제.

의령 설뫼.

눈 쌓인 산 설뫼(雪山), 꼿꼿하게 선 산 설뫼(立山)라는 뜻을 품은 이 마을은 큰 인물
이 나온다는 풍수의 말대로 의병장 안기종과 백산 안희제가 난 곳이다. 사진 가운데
가 백산 생가.

설뫼 최고의 갑부 백산. 갑부지만 삶은 신산하다. 신산하지만 꼿꼿하다. 교육자로서 독립운동가로서 사업가로서 언론인으로서 종교인으로서 하는 일마다 가는 곳마다 선이 굵은 족적을 남긴 백산의 삶. 백산의 다양한 갈래의 삶은 그러나 종착지는 오로지 한 곳이다. 독립. 마음의 안에서 가려고 한 종착지도 마음의 밖에서 가려고 한 종착지도 독립이다. 조선의 안에서 가려고 한 종착지도 조선의 밖에서 가려고 한 종착지도 독립, 독립, 독립이다.

백산은 의령과 구포, 대구에 잇달아 학교를 세운다. 1905년 을사늑약과 1910년 한일합방 사이 족적이다. 일본에 맞서려면 아이들부터 가르쳐야 한다고 작정한 소이다. 백산이 세운 학교 중 입산초등학교 전신인 창남학교는 영남사학 시초다. 구포초등학교 전신인 구명학교도 백산이 돈 들인 학교다. 3·1 독립운동이 일어난 해에는 장학회를 만든다. 제헌 국회의원 전진한, 초대 문교부장관 안호상, 조선어학회 사건으로 옥고를 치른 국어학자 이극로가 대표적인 백산 장학생이다.

백산은 무얼 해도 백산이고 어딜 가도 백산이지만 백산을 백산답게 한 것은 백산상회다. 곡물 해산물 따위를 떼다가 되파는 조그마한 무역상회, 백산. 나중에는 경주 최부자 돈을 끌어들여 부산 최대 무역회사이자 한국 최초의 현대적 주식회사가 된다. 백산상회는 부산 동광동에 본사를 두고 서울 대구 안동 원산 그리고 중국 땅 봉천 안동으로 퍼져나간다. 퍼져나가 백산상회 지점이 독립운동 거점이 된다. 백산상회 돈이 독립운동 돈이 된다.

광복 직후에 백범 김구가 토로한 대로 상해 임정 군자금의 6할을 댄 백산상회. 한편으론 일제자본에 맞서는 민족기업을 자임한 백산상회는 자임이 무색하게 설립 십 몇 해 만에 문을 닫는다. 회사 돈이 독립자금으로 빠져나가기도 했지만 낌새를 챈 일제가 툭하면 수색하고 압수하고 툭 하면 잡아가고 고문했기 때문이다. 회사를 정리한 백산은 서울로 가서 민족지인 중외일보를 인수, 총독정치에 칼날을 들이댄다.

만주사변 이후에는 신문도 정리한다. 일제 간섭과 탄압이 극에 이르자 신문을 정리하고 중국 망명길에 나선다. 발해 도읍지에 발해농장과 발해학교를 세워 막막한 처지의 그곳 동포들을 먹이고 재우고 공부시킨다. 우리는 우리고 일제는 일제라며 독립심을 키운다. 단군을 숭배하는 민족종교인 대종교를 알자며 사비를 들여 포교에 애쓴 것도 같은 맥락이다.

대종교를 독립운동조직으로 점찍은 일제에 잡혀간 백산은 아홉 달 만에 병보석으로 풀려나고 풀려난 지 세 시간 만에 운명한다. 1943년 9월 2일 새벽 2시. 백산 나이 오십구 세. 편하게 살려면 한평생 편하게 살 수도 있었던 설뫼 최고 갑부가 환갑도 못 채우고 고문당하고 못 먹어서 병사한다. 독립운동하면 삼대가 굶는다 했던가. 백산의 신산한 삶은 후손에게도 신산하게 이어진다. 백산이 백범 몽양과 각별했단 이유로 좌익으로 오해받은 장남은 갖은 고초를 겪는다. 장남의 2남5녀 자녀 가운데 대학을 나온 이는 큰 아들뿐. 장남의 큰딸은 설뫼 생가 앞에서 망개떡을 팔아 생활한다.

새는 한가함을 즐기고자 골짝을 찾는데 해는 한가함을 싫어하여 중천에 떠 두루 비춘다.

백산이 열일곱 때 지은 한시 일부다. 중천에 떠서 세상을 비추는 해가 되고자 했던 백산. 동지섣달 설뫼 마늘밭을 비추던 해가 막 넘어간다. 한나절 햇볕을 잘 받은 마늘이 파릇하다. 마늘내가 파릇하다. 햇볕을 얼마나 잘 받았는지 마늘밭을 보는 사람 눈매까지 파릇하다.

영도다리

다리의 다리, 교각. 네 번째 교각과 다섯 번째 교각 사이로 엔젤호가 통과한다. 부산과 거제도를 오가는 여객선이다. 다리를 통과한 배에서 일어나는 물보라가 하얗다. 하얀 갈매기 무리가 물보라를 따라간다. 오십은 됐을까, 중년은 다리 난간에 양손을 포개없고 손등에 턱을 괸 구부린 자세다. 송도 천마산 쪽을 아까부터 응시한다.

천마산. 이호철 소설 '소시민' 무대다. 천마산 자락 국수공장에 일자리를 구한 피난민 각고의 나날을 다룬 중편이다. 피난시절 판잣집 일색이던 천마산과 영주동 구봉산 산자락. 판잣집 하꼬방에 거처를 정한 피난민은 일감을 찾아서 일자리를 찾아서 진날 궂은 날 가리지 않고 시내로 부두로 나간다. 일가붙이를 찾아서 고향사람을 찾아서 진날이든 궂은날이든 영도다리로 나간다.

내가 초등학교 입학한 해에 돌아가신 아버지도 피난민이다. 이북 북청이 고향인 함경도 아바이다. 1·4 후퇴 때 흥남부두에서 LST를 타고 혈혈단신 월남해 거제도를 거쳐 영주동 산복동네에 거처를 정한 아버지 역시 영도다리로 나갔을 것이다. 레코드 가게에서 틀어 주는 영도사람 현인의 노래 '굳세어라 금순아'를 들으며 종종걸음을 멈추기도 했을 것이다.

다리 난간은 피난민 손때가 묻어 반들거린다. 난간 위에 뜬 초생달, 피난민 눈때가 묻어 반들거린다. 반들거리는 난간을 보며 반들거리는 초생달을 보며 나중에 온 피난민 더 나중에 온 피난민, 뺨이 반들거린다. 마음이 반들거린다. 반들거리는 마음에 다리를 찾은 피난민과 피난민을 찾던 피난민은 다리 난간에서 상봉한다. 이쪽과 저쪽이 상봉한다.

다리는 이쪽과 저쪽이 상봉하는 매개다. 다리를 사이에 두고 이쪽과 저쪽은 상봉한다. 그러나 영도다리는 이쪽과 저쪽이 상봉해서 알려진 다리가 아니라 이쪽과 저쪽을 끊어서 알려진 다리다. 끊어서 들어올린 다리를 보려고 사람들이 인산인해 몰려들고 멀리 함경도까지 평안도까지 입소문이 나 알려진 다리다. 부산에 가면 그런 다리가 있다더라, 소문이 소문을 퍼뜨려서 방방곡곡에 알려진 다리다.

그런 다리가 있다더라 거기서 만나자. 피난은 갑작스럽다. 난리를 피해 이별해야 하는 사람들 약속도 갑작스럽다. 영도다리는 갑작스럽게 이별한 사람들이 얼떨결에 정하던 약속장소다. 어제 만나지 못한 사람들은 오늘 다시 다리를 찾고 오늘 만나지 못한 사람들은 내일 다시 찾는다. 상봉하는 장면을 훔쳐보며 희망의 밧줄을 놓지 않는다. 희망이 조개딱지처럼 달라붙은 밧줄을 놓지 않기에 피난민은 각고의 나날을 건뎌 낸다.

영도다리를 건널 때는 생각하면서 건너야 한다. 난간에 누구누구를 찾는다를 벽보를 붙이던 피난민을 생각하면서 건너야 하고 벽보를 뚫어지게 쳐다보면서 지나가던 피난민을 생각하면서 건너야 한다. 먹을 것 쓸 것 아껴가며 모은 생짜배기 생돈을 다리입구 점집에 갖다 바치고서 상봉하리라는 점괘를 얻고자 하던 삼팔따라지를 생각하면서 건너야 하고 만나야 할 사람 끝내 만나지 못하고 생을 마감한 객지사람 냉가슴을 생각하면서 또 생각하면서 건너야 한다.

생각할 건 또 있다. 다리를 놓으려고 등짐을 지던 사람들. 다리를 놓다가 바다에 빠져 떠내려간 사람들. 다리를 오고가며 품을 팔던 사람들. 다리를 다진 사람들 노고가 다리를 떠받치고 있다. 다리를 다진 사람들 노고가 지금의 부산을 떠받치고 있다. 이제 사는 게 나아졌다 해서 사는 게 달라졌다 해서 낡은 다리가 애물단지로 여겨질망정 뒷방늙은이로 여겨질망정 영도다리는 여전히 부산을 떠받치는 다리다. 부산을 떠받칠 다리다.

'영도다리 밑에서 주워 왔다.' 토박이든 객지사람 소생이든 부산에서 나고 자란 사람치고 다리에서 주워 왔다는 말을 듣지 않고 자란 사람이 있을까. 주워 왔다는 말이 서러워서 찔끔거리지 않고서 유년을 보낸 사람이 있을까. '말 안 들으면 영도다리에 도로 갖다 버린다', 지레 겁먹고 말 잘 듣던 순한 시절이여. 영도다리는 영도다리에서 주워 온 부산사람을 순하게 키운 다리다. 순한 다리다.

영도다리로 전차가 지나다니던 때가 있다. 이 다리를 지나 남항동 종점에 닿은 전차가 이 다리를 지나 시내로 들어간다. 다리가 들리면 들린다고 전차는 땡땡땡 경적소리를 내고 다리가 내리면 내린다고 땡땡땡 경적소리를 낸다. 승객들은 땡땡땡 소리에 차창 밖으로 물방울 같은 순한 얼굴을 내민다. 영도다리는 다리의 힘으로 들리고 내린 다리가 아니라 순한 얼굴들이 지켜보는 힘으로 들리고 내린 다리다. 물방울을 닮은 얼굴들이 지금도 영도다리를 지켜보고 있다.

깃발이 펄럭인다. 부산에서 열리는 국제행사를 알리는 깃발이 난간 양쪽에서 펄럭여 영도다리는 팽팽하다. 팽팽한 다리 한가운데서 고등어 낚시꾼이 릴낚시를 하고 있다. 턱을 괸 중년은 그 곁에 있다. 차가 지나가든 말든 사람이 지나가든 말든 중년은 천마산

물에 잠겨 침묵하는 영도다리의 교각들이 고대의 유적처럼 빛바래고 의연하다. 토박이든 객지사람 소생이든 부산에서 나고 자란 사람치고 영도다리 밑에서 주워 왔다는 말을 듣지 않고 자란 사람이 있을까.

쪽만 응시하고 그러든 말든 낚시꾼은 낚시에 열중이다. 입질이 금방 감지되도록 낚싯줄, 팽팽하다. 다리와 바다, 팽팽하다. 고등어가 또 물었는지 낚싯대 끝마디가 파르르 떤다.

지리산 백무동

지리산은 길 나선 사람을 거둬들이는 산이다. 길 나선 사람 누구라도 받아들이는 산이다. 마음을 밝혀 줄 등불을 찾아서 나선 길. 길이 모이는 봉우리마다 등불을 밝혀 두고 길 나선 사람 누구라도 언제라도 거둬들이고 받아들이는 산이 지리산이다.

백무동을 백무등으로 알은 것도 그래서이다. 지리산 봉우리를 밝힌 하얀 등불 백무등, 백등. 등불을 찾아서 길을 나서게 하는 산이 지리산이고 등불을 밝혀 두고 길 나선 사람을 거둬들이고 받아들이는 지리산 높고 높은 봉우리가 내가 상상한 백무등이다. 백무동이다.

백무동을 찾아가는 길. 등불을 찾아가고 등불을 밝혀 둔 봉우리를 찾아가는 길. 백무동은 그러나 등불도 아니고 등불을 밝혀 둔 봉우리도 아니고 골짝이다. 물이 흐르는 골짝을 따라 들어선 상백무 중백무 하백무 세 마을이다. 골짝을 따라 사람내가 물씬 나는 곳, 내가 찾아간 실제의 백무동은 사람 사는 골짝이다.

내가 내 식으로 백무동을 알고 백무동을 요량하듯 백무동은 어떻게 알고 어떻게 요량하느냐에 따라 다르다. 百巫로 알고 요량하는 사람에게 백무동은 무당골이 되고 百霧로 알고 요량하는 사람에게는 안개골이 된다. 공식적으로는 무사 무를 써서 百武, 무사골로 불린다.

백무는 이렇든 저렇든 어떻든 모두가 그럴싸하다. 하천이 쉬엄쉬엄 흐르는 휴천, 말처럼 재빨리 흐르는 마천을 지나 백무에 이르는 길은 말 그대로 百巫의 길이다. 길가에 즐비한 굿당을 헤치면서 나아가는 길이다. 굿당에서 버려지는 돼지머리 같은 제물로 하천이 오염된다는 보도가 나올 정도로 백무는 무당골이다.

백무에서 세석으로 오르는 전날 일찌감치 몸을 누인 곳은 함양군 휴천면 문정리 도정마을 이인우 시인댁. 달빛이 창문을 두드리는 소리에 잠 깼다. 날을 세운 달빛끼리 일합 이합 겨루는 듯 쨍쨍거리는 소리가 난다. 언월청룡도처럼 생긴 초승달 아래로 안개 덩어리가 희뿌옇다. 안개는 휴천에서 마천 쪽 하천을 용트림하며 휘감는다. 하천을 휘감는 희뿌연 안개, 百霧다.

百巫가 그럴싸하고 百霧도 그럴싸하듯이 百武 또한 그럴싸하다. 백무동 인근 중봉 하봉 험준한 능선은 삼한·삼국시대 국경선. 국경선을 따라 군사들이 대치하고 여차직하면 흙먼지 말 먼지를 일으켰을 테니 百武도 타당하다는 주장이 주민들 사이에서 아는 사람들 사이에서 나온다.

百武로 읽으면 백무는 세상의 중심에서 동떨어진 변방이다. 변방에 섰던 자들 형형한 눈빛 때문인가 백무를 감싸는 기운이 형형하다. 백무는 변방에 서서 다른 세상을 노려보는 탐색의 눈이며 변방에 서서 세상의 중심을 주시하는 모색의 눈이다. 중심에서 밀려난 자 부글거리는 눈빛이며 중심을 지향하는 자 이글거리는 눈빛이다.

백무는 유민의 땅이기도 하다. 곰실로 불리기도 하는 인근 웅곡마을, 감나무골로 불리는 시곡마을이 그렇듯 임진년 왜란을 피해서 이 땅을 들볶은 무슨무슨 난리를 피해서 난민들이 물 흐르는 방향 반대쪽으로 흘러흘러 들어온 곳, 역방향의 땅이다. 응어리진 봇짐을 푼 곳, 억하심정의 땅이다.

눈을 감는다. 역방향으로 들어와야 했던 유민들 억하심정. 부정의 부정은 긍정이 아니라 더 큰 부정이 되어 활활 타올랐을 그 심사여. 흉흉한 마음이여. 유민들 흉흉한 마음을 흉흉한 봇짐을 풀면서 백무는 정착을 이룬다. 먼저 들어온 유민이 나중에 들어온 유민을 받아 주면서 백무는 등불이 된다. 길 나선 사람을 거둬들이고 받아들이는 등불이 된다.

백무 골짝 인가의 풍경.

"등불을 찾아서 사람을 길 떠나게 하는 산, 등불을 밝혀 놓고 길 떠난 사람을 거둬들이는 봉우리, 그게 내가 생각한 백무동이었다."

눈을 감아도 소리는 들린다. 백무 골짝에서 나는 물소리다. 사람이 내는 소리 같다. 우짜겠노 우짜겠노. 살은 사람은 살아야지. 같은 말을 하고 또 하고 같은 말을 듣고 또 듣는다. 여기라고 별 다르겠나 저기라고 별 다르겠나. 사람 사는 곳 별 다르겠나. 달래는 사람도 달램을 받는 사람도 했던 말을 또 하고 들은 말을 또 듣는다.

百巫면 어떻고 百霧면 어떻고 百武면 또 어떠리. 사람 사는 곳 별 다르리. 어디든 같지 않으리. 동네에서 박사가 나왔다고 현수막을 내걸고 앞집뒷집 옆집아랫집 무박이일 잔치판을 벌이는 흥이 百巫 굿판이고 굳이 들추지 말아야 할 궂은 장면은 두루뭉수리 넘어가는 게 百霧 희뿌연 진경이며 이웃 빈집에 도둑이라도 들지 않는지 휘둘러보는 게 百武 듬직한 눈매라면 어떤 이름으로 불리든 백무는 똑같다.

백무 물소리가 골짝을 타고서 경호강으로 남강으로 낙동강으로 흘러간다. 강변 나무를 건드리면서 나무를 심는 사람들 마음을 건드리면서 흘러간다. 지금은 사는 게 버거워도 지금이 지나면 좀 나아지려니, 흘러가면서 겨울을 지나는 사람들 처진 어깨를 다독인다. 허한 마음을 다독인다. 건드리면 퍼져나가는 민들레 씨앗처럼 백무 물소리, 밑도 끝도 없이 퍼져나간다.

물길을 거슬러 세석까지 갔다가 되돌아 내려오는 길, 어둑하다. 가로막는 바위를 때리는 물소리가 내 정수리를 때린다. 올라오는 사람도 내려가는 사람도 보이지 않는 유곡. 심산유곡에 혼자 갇힌 것 같아 덜컥 겁이 난다. 오만 가지 생각이 든다. 내리막길인데도 등짝에 땀이 밴다. 먼저 간 일행이 기다리고 있을 백무는 어디쯤인가. 어디쯤에서 하얀 등을 밝혀 두고 나를 받아들이려는가. 거둬들이려는가.

창녕 비봉리 유적

나는 전생에 배였던 모양이다. 물을 보면 마음이 편안하다. 배가 있으면 눈이 한 번 더 간다. 큰 배는 아니고 기껏해야 두어 명 타던 나무배. 바람이 약간만 불어도 기우뚱거려 조바심 내던 배. 내 전생의 배는 어디서 멈췄을까. 어디에 가라앉았을까.

그래서일까. 진흙더미에서 8천 년 전 목선이 나왔다는 기사를 오려 둔 건. 한국에서 세계에서 가장 오래 된 배일는지 모른다는 목선이 나온 경남 창녕에 가 보고 싶어 창녕 창녕, 노래를 부른 건. 진흙더미에 묻힌 곡절이 궁금해서 물어도 보고 알아도 본 며칠이 아깝지 않은 건.

마침내 발굴현장을 찾아가는 날, 가을답잖게 바람이 차고 거칠

다. 날을 잘못 잡았나, 괜히 심사가 기우뚱거린다. 낙동강 본류에서 현장으로 접어드는 본포나루는 무슨 일로 뒤틀렸는지 속을 다 내어보인다. 안 그래도 심사가 기우뚱거리던 차에 가라앉을 것 같다. 진흙더미에 묻힐 것 같다.

기우뚱거리며 찾아간 창녕 부곡면 비봉리 발굴현장. 밀양 무안에서 창원으로 가는 2차선도로에 맞닿은, 도로보다 지대가 낮은 들판이다. 도로 저쪽은 밀양 청도면에서 물길이 시작되는 청도천이고 그 너머는 밀양 초동면 명성리 평야지대다. 그러니까 도톰한 도로를 가운데에 두고 도로 저쪽은 청도천과 평야, 이쪽은 비봉리 들판. 8천 년이나 된 나무배가 나온 곳이 이쪽 비봉리 들판이다.

일제가 도로를 조성하기 전에는 도로 부근을 비봉날끝이라고 불렀다고 한다. 올해 일흔일곱의 4대째 토박이 남수희 선생 귀뜸이다. 안동네가 비봉이니 날아가는 봉황 날개끝이란 의미일 게다. 도로 부근은, 그렇게 보면 그렇게도 생긴 형상이다. 일제는 봉황 수컷을 뜻하는 봉 자가 마음에 들지 않는다고 구멍 공 자로 바꾸지만 해방 이후 제 이름을 찾았다는, 지도에 나오지 않는 얘기를 두루미 펼치듯 펼친다. 과연 '일제답다'.

도로는 처음에 둑길이었다고 한다. 말하자면 청도천이 넘치지 못하도록 제방으로 닦은 게 이 도로다. 도로가 생기기 전에는 도로 이쪽 비봉리 벌판도 도로 저쪽 명성리 평야도 물이 넘실거렸다고 한다. 비봉리에서 명성리로 오가려면 나룻배를 탔고 나룻배 삯은

비봉리 들판.

산으로 둘러싸인 비봉리의 들판에서 8천 년 전 나무배가 발굴되었다. 마을을 품고
구름을 배경 삼아 흘러가는 구름 또한 배가 아닐는지.

마을 주민들이 추럼했다고 남 선생은 기억한다.

지금은 들판이지만 전엔 물이 넘실거렸다는 비봉날끝. 남 선생은 산사태로 흙이 떠내려 와 수면을 메우기 훨씬 이전에는 황포돛대가 들락거리는 강가였다, 어릴 때 어른들에게 그렇게 들었다며 여기저기 사태 났음직한 급경사진 산을 가리킨다.

비봉리는 산으로 둘러싸인 마을이다. 꼭대기에 처녀묘가 있다 해서 이름이 붙은 처녀봉이 배산이며 좌측은 월봉산, 우측은 비룡산이다. 그밖에도 그리 높지는 않지만 골짝들로 주름잡힌 산들이 높은 산과 높은 산을 이어 주며 마을을 품안에 보듬는다.

산자락이 겹쳐지고 풀어지면서 물길이 된 골짝들. 폭우로 골짝물 불어난 그 어느 날. 물은 경사진 산세만큼이나 경사지게 흘러내렸으리. 산사태 났으리. 성인골 장태골 불당골 골골마다 넘치며 거치적거리는 건 죄다 휩쓸고 갔으리. 골짝물이 한꺼번에 덮치는 비봉날끝, 나무배 기우뚱거렸으리.

8천 년 전, 역사에 기록되기 이전의 역사라는 선사시대. 못도 망치도 없던 선사시대에 갖은 고생하며 죽을 고생하며 만들어낸 통나무 배. 예리한 돌로 가운데를 움푹 파내고 파낸 자리를 매끄러운 돌로 다듬은 배. 팔십 년도 아니고 팔백 년도 아니고 무려 팔천 년 전 우리들 선조의 선조의 선조의 생명줄 같던 배.

기우뚱거리던 배, 한순간에 가라앉았으리. 사라졌으리. 들끓는 물살에 속수무책이었으리. 손 한번 제대로 쓸 새 없이 얼마나 안타

까웠으리. 머리칼을 쥐어뜯었으리. 두고 보자, 더 크고 더 굵직한 나무를 베었으리. 어디 두고 보자, 더 파내고 더 다듬었으리.

기우뚱거리던 배보다 더 크고 더 굵직한 배 띄웠으리. 건넛마을 밀양 명성리 평야까지 청도천 끝자락 본포나루까지 노 저어 갔으리. 본포나루까지 낙동강 본류까지 나아갔으리. 김해에서 부산에서 수인사 나누었으리. 김해사람 부산사람 전송 받으며 너른 바다로 나갔으리. 돛대 돛대 나부끼며 펄럭이며 세상을 열어갔으리.

목선이 발굴된 지 몇 달. 선사시대 목선은 김해박물관으로 옮겨져 보존처리 중이고 현장은 물을 빼거나 채우는 양배수장 복구공사 중이다. 난리도 그런 난리가 없던 태풍 매미에 혼쭐이 난 양배수장 시설을 복구하는 공사다. 도로확장을 앞두고 공사장 부근 땅에 지반조사용 쇠파이프를 꽂았다가 유적이 나오면서 중단된 공사를 하고 있다.

가라앉아 수천 년을 뻘이 덮은 배. 하지만 산소가 통하지 않는 뻘이기에 썩지 않고 산화되지 않고 온전한 모습을 내보인 선사시대 우리들 선조의 배. 오려 둔 기사에 실린 사진을 본다. 돌로 파낸 결이 생생하다. 살아 있다. 나무를 태워서 용이하게 파내려고 불에 그슬린 흔적이 살아 있다. 두고 봐라 어디 두고 봐라, 고난이 닥칠수록 이를 악물었을 선조의 선조의 선조의 숨소리, 씩씩거린다.

꿈을 꾼다. 나무배 한 척, 작다. 작은 배가 돛대도 아니 달고 삿대도 없이, 간다. 가다가는 기우뚱거리고 가다가는 기우뚱거린다. 그러나 보는 사람만 조바심 날 뿐 배는 물 위에 떠서 비로소 배다. 왜가린지 두루민지 어쩜 진짜로 봉황인지 그런 새 두어 마리, 배를 따라간다. 돛대도 아니 달고 삿대도 없이 배를 따라간다.

사천 굴항과 군위숲

굴항을 다루자니 군위숲이 커 보이고 군위숲을 다루자니 굴항이 커 보인다. 굴항(掘港)과 군위(軍位)숲. 땅을 파서 만든 항구와 군사들 위패가 모서 있던 숲. 하나는 항구고 하나는 숲. 이름도 다르고 하는 일도 다르다. 이름도 다르고 하는 일도 다르지만 굴항과 군위숲은 다르지 않다. 하나다. 불이(不二)다.

솔직히 말해 사천시 삼천포항으로 나를 불러들인 건 순전히 굴항이다. 바닷가 땅을 연못처럼 파서 조선 수군 군함인 병선과 이순신 거북선을 숨겨 두었다는 굴항. 왜선이 나타나면 병선을 거북선을 쏜살같이 내어보내 조선 바다를 지켜 내었다는 굴항이 보고 싶었기 때문이다. 굴항에 오목조목 부조돼 있을 역사의 이목구비를 더듬고 싶었기 때문이다.

작대기 때문이다. 굴항에서 볼일을 마치고서도 냅다 굴항을 뜨지 않은 건 전사자 혼백이 발목을 잡았단 전설 따라 삼천리 류는 아니고 작대기가 눈에 밟혀서이다. 굴항 앞 작은 무인도를 에워싸다시피 바다에 꽂혀 있는 작대기들. 저기 저 바다에 작대기가 왜 꽂혀 있나. 무인도도 생긴 게 범상하지 않다. 주변을 두리번거린다. 물어볼 만한 사람은 코빼기도 보이지 않고 차를 세워 둔 공터 주변 횟집 마당, 아주머니 둘이 김장배추를 다듬고 있다.

작대기들은 옛날식으로 고기 잡는 참나무 말뚝들. 밑에 대나무로 짠 그물이 있어 물살에 떠내려 온 고기를 가둬 잡는다. 죽방렴이다. 죽방렴으로 잡은 죽방멸치는 여기 바다 특산품. 요즘은 참나무가 비싸서 철근을 같이 쓴다고 한다. 무인도 이름은 코처럼 생겨 코섬이다. 코섬 뒤 큰 섬은 신수도, 바다 저쪽은 또 어디. 아주머니들은 배추만 다듬기가 무료한지 얘기 보따리를 한 보따리 푼다.

보따리를 푸는 도중에 불쑥 튀어나온 게 군위숲이다. "저기 삼천포대교 밑에 나무들 많이 보이지요? 거기가 바다에서 죽은 옛날 수군들 공동묘지 아인교." 묘지는 벌써 헐려 숲이 됐고 아주머니들 어릴 적에도 숲이었지만 그때만 해도 지나가기가 어째 으스스했다고 한다. 묘지였을 때 위패를 따로 모셨던 사당이 있었다는데 묘지도 사당도 지금은 없고 이름만 남아 군위숲이 되었다며 보따리를 묶는다.

굴항에서 군위숲까지는 한달음이다. 같은 연안이다. 같은 연안

이순신 장군이 조선의 거북선과 판옥선을 숨겨 두었다던 굴항.

굴항은 엄마의 자궁처럼 아늑한데 그 아늑한 곳에서 조선 수군의 불덩이가 뿜어져

나와 왜군을 때렸다.

이지만 대방항 정비공사로 길이 막혀 걸어서 가지는 못하고 차를 타고 빙 둘러간다. 둘러가도 5분 거리다. 한달음이라서 찾아볼 만하고 부분적이나마 원형 그대로라서 찾아볼 만하다. 굴항도 원형 그대로고 숲이며 철봉이며 벤치가 있는 동네체육공원으로 조성된 군위숲도 바닷가만큼은 자갈밭이 옛날 모습 그대로다.

굴항과 군위숲은 나무가 장관이다. 어른 몇 명이 안아도 안지 못하는 오래된 나무가 굴항에도 있고 군위숲에도 있다. 나무는 두 종류. 하나는 팽나무가 확실하고 하나는 느티나무 같다며 길안내를 맡아준 동아대병원 직원 반명규는 잎이 모두 떨어진 나무를 안는다. 반명규는 총각시절을 여행으로 보낸 고등학교 동기다. 두 나무다 물에 강하고 방풍림이다. 두 나무만 골라 심은 선조들의 의도는 물에 강하고 방풍림이라서만은 아니다.

느티나무와 팽나무. 느티나무 뾰족한 잎은 칼을 상징하며 삼국유사에서는 복수의 화신으로 등장한다. 당당하게 뻗어가는 팽나무는 곧 마을의 기운이다. 당당하게 살려는 선조들 염원이다. 삼천포항을 끼고 사는 이곳 조선 수군 후손들 역시 물에는 칼이다. 갈퀴다. 뾰족한 잎을 지니고 산다. 무사 기질을 지니고 산다. 자잘하지 않고 통이 크며 나서지 않되 주눅 들지 않는다.

수군 후손들은 주눅 들지 않는다. 단지 묵묵하다. 사천군과 삼천포시가 통합되면서 삼천포란 지명이 행정명칭에서 완전히 지워져도 삼천포-창선대교가 아니라 창선-삼천포대교가 되어도 마음에 담아 두지 않는다. 바다에 나가 물질 묵묵히 할 뿐. 바다를 다스리고 바다를 내 안으로 받아들일 뿐. 삼천포사람들은 묵묵해서 칼이다. 묵묵해서 뾰족하다.

굴항 정식 명칭은 대방진(大芳鎭) 굴항. 경남 문화재자료 제93호다. 남해안에서 노략질하며 활개 치던 왜구를 몰아내려고 고려 말에 설치한 군항시설이다. 거북선 밑바닥에 조개류가 달라붙지 못하게 굴항 안에 민물을 채웠다는 얘기가 전해진다. 병사들이 식수로 썼을 우물 자리도 보인다. 순조임금 때인 19세기 초에 크게 보수했으며 현재 굴항은 당시 모습이다. 수군 3백 명과 전함 2척이 주둔했다고 한다.

군위숲은 창선-삼천포대교 바로 아래에 있는 공원이다. 다리 아래는 물살이 빠르게 흐른다. 저 물살을 저어 바다로 나갔다가 저 물살을 거슬러 군위숲 묘지에 묻혔을 조선 수군 전사자들. 또는 시신 없이 묻혔을 조선 수군 영령들. 군위숲 바로 옆은 조선소다. 몇 척은 갯가에 닻을 내리고 몇 척은 인양돼 수리를 기다린다. 조선 수군이 바다를 지키던 시절에 그랬었을 것처럼.

굴항도 보고 군위숲도 보고 대교도 보고 왔던 길로 되돌아가는 길. 햇빛이 구름을 뚫는다. 구름을 뚫고 쏟아진다. 쏟아지는 햇빛이 공중에다 꽂힌다. 바다에 꽂힌 작대기 같다. 구름이 바람 때문인지 물살 때문인지 떠내려간다. 떠내려가다 구름 한 점이 무리에서 떨어져나간다. 생긴 게 꼭 코처럼 생겨먹은 구름이다.

양산 삼수리

양산시 하북면 삼수리. 삼수리. 삼수. 세 장수. 세 장수 이징석
징옥 징규 형제. 조선 초기 최고의 장수 최고의 장군 반열에 오른
세 사람. 남해안 왜구 방어 책임자 징석. 북방 오랑캐 방어 책임자
징옥. 조선 국방 총책임자 징규. 그러나 일순간에 와르르 무너진
징석 징옥 징규 삼형제.

삼수리 세 장수 생가터. 세 장수 아버지가 명당이라고 자리 잡은
터답게 문외한이 얼추 둘러봐도 명당이다. 명당이다, 입속말이 새
나온다. 집 앞 부챗살 모양으로 펼쳐진 전경이 사람 속을 시원하게
한다. 뒤는 신불산이 감싸고 도로 너머 저편은 솥발산이다. 솥발산
너머는 천성산 호방하고 늠름한 산줄기. 산줄기가 보는 사람 속을

산처럼 솟구치게 한다. 생가터에서 북쪽은 영취산, 남쪽은 봉수대로 유명한 원적산, 더 남쪽은 금정산이다.

삼형제가 와르르 무너진 것은 둘째 징옥에게서 말미암는다. 징옥. '이징옥의 난'으로 알려진 그 징옥이다. 세조가 어린 조카 단종을 쫓아내자 군사와 백성을 불러 모아 난을 일으킨 사람이 징옥이다. 불발로 끝난 이 난으로 말미암아 징옥 직계는 말할 것도 없고 벼슬길 순탄하던 형도 동생도 일순간에 무너진다.

생가터에 들어서자 집주인은 없고 문패가 객을 맞는다. 이근수. 삼장수 집안 종손이고, 양산시내에서 자영업을 하고 있고, 생가터에는 그의 노모가 사는데 어디 나가고 없다라고 옆집 할머니가 일러 준다. 빈집에 필요 이상으로 죽치기가 눈치 보여서 옆집 마당 맨바닥에 퍼지고 앉아 할머니와 되는 얘기 안 되는 얘기 미주알고주알 늘어놓는다. 설 쇠면 여든셋이 된다는 윤필순 할머니다.

처녀들을 억지로 일본으로 데려가 기름 짜는 일을 시킨다는 말에 질겁해서 열일곱 나이에 시집 왔단다. 저런 나쁜 놈들이 있나 맞장구친다. 산을 가리킨다. 뒷산은 무슨 산 앞에 보이는 저 산은 무슨 산. 산 이야기가 나오자 시집 왔을 때 삼장수 집안 할머니에게서 들은 얘기라며 집안 대대로 내려온다는 삼장수 형제 태몽을 꺼낸다.

하루는 삼장수 어머니가 자는데 앞산이 걸어와 속곳 가랑이로 들어오더란다. 태몽이란다. 태몽을 꾸고는 큰 아들을 낳고 둘째 때는 뒷산이 가랑이로 들어오고 셋째 때는 옆산이 들어오더란다. 할머니는 앞산 뒷산 옆산으로 둘러대지만 삼장수에게 산에 얽힌 태몽 설화가 있다는 건 맞다. 영취산 태몽을 꾼 큰아들은 아호가 취봉이고 원적산 태몽 둘째는 원봉, 금정산 태몽 셋째는 금봉이다.

삼형제는 힘이 남달랐던 모양. 어릴 때부터 일화를 달고 다닌다. 커서도 마찬가지. 세종대왕은 삼형제 아버지 이전생이 죽자 글을 보내 조문한다. '양남(징석 징옥)이 국경을 도맡아 지키니 나라의 울타리가 한 집안에 있도다.' 비록 대립각이 날카롭지만 즉위 다다음해와 그 다음해 세조도 징옥과 징규를 애도한다. 기개를 칭송한다. 징옥은 '나에겐 난신이지만 후세에서는 둘도 없는 충신'으로, 징규는 항명은 했지만 만릿길을 동행하고 싶었던 장군으로 아쉬워한다.

'삭풍은 나무 끝에 불고 명월은 눈 속에 차다. 만리변성에 일장검 짚고 서서 긴 바람 큰 한 소리에 거칠 것이 없다.' 백두산 호랑이로 불린 북방개척 영웅 김종서 시조다. 징옥은 김종서 심복이다. 중앙정부로 영전하는 김종서가 후임을 도맡길 정도로 징옥을 신임한다. 징옥은 35년 넘게 북방을 지키면서 여진족을 힘으로 아량으로 누른다. 신라가 삼국을 통일하면서 중국에 내어준 영토를 힘으로 아량으로 두만강 상류까지 넓힌다.

삼수리 세 장수 생가터.

집 앞 부챗살 모양으로 펼쳐진 전경이 명당이다. 사람 속을 시원하게 한다.

하나도 북방 둘도 북방 셋도 북방. 북방만 아는 무사 징옥이 난을 일으켜 중앙을 치기로 한 건 삼촌이 삼촌답지 않았기 때문이다. 삼촌이 삼촌답지 않게 조카를 넘보고 조카가 가진 왕위를 넘봤기 때문이다. 징옥은 '충신은 불사이군', 두 임금을 섬길 수 없다며 난을 일으킨다. 세조가 집권하면서 편찬한 단종실록에는 징옥을 난을 일으킨 신하, 난신으로 보지만 18세기에 발간된 번암집에서는 난신이 아니라 충신으로 암시한다고 역사학자는 해석한다.

난을 일으킨 징옥은 서울 진격에 앞서 두만강 이북 족장들에게 사람을 보낸다. 사람을 보내 자기가 없는 틈을 타서 침범하지 말라고 신신당부한다. 당부는 오히려 역으로 받는다. 이왕 이리 된 것 자기들 지도자가 돼 달란 당부를 발해유민을 비롯한 만주벌판 족장들로부터 받는다. 고민 끝에 징옥은 광활한 만주행을 택한다. 태생이 무사인 징옥은 문인들에게 휘둘리는 중앙정치가 역겹기도 했을 터이다. 두만강을 건너가기 전 내부 배신자 야간기습을 받고 징옥도 아들들도 뜻을 접는다. 이징옥 난은 그렇게 사그라진다.

짧은 겨울해라곤 하지만 해가 제법 기운다. 얼마 안 있어 서쪽 신불산에 달라붙을 참이다. 북쪽에서 불어 대는 바람, 길다. 삭풍이다. 역사공부 삼아서 따라나선 친구 딸과 아들, 유정이와 경현이는 춥다고 웅크린다. 점심을 걸러 배도 고픈 표정이다. 얼마 전에 삼겹살 먹던 얘기를 저들끼리 한다. 가볼 데는 아직 남아 있다. 도마교(倒馬橋)다. 징옥과 말과 화살 일화를 달고 다니는 다리다. 어딘지 몰라 삼수리 입구 소방서에 들러 물어본다. 묻는 김에 내처 묻는다.

"요 어디에 삼겹살 잘 하는 집 있습니까?"

진해 웅천 도요지

가마터를 찾아서 가는 길, 산길이다. 골짝길이다. 이리저리 가라는 표지판이 없는 탓에 가던 길을 되돌아와서 재차 길을 잡는다. 재차 잡은 길도 긴가민가다. 통나무 다리가 놓인 여울을 지난다. 다리가 허술하다. 건너기도 전에 사단이 날 것 같다. 폭삭 꺼질 것 같다. "이 길 맞나?" 뒤따라오는 일행도 미덥잖은 모양이다. 물은 말을 몇 번은 더 물어본다.

길을 재차삼차 잡고 하기를 이십 분쯤 했을까. 한 등성이를 올라서자 내려앉을 기미가 앉은 가건물이 나타난다. 조금 더 올라서자 가마터 표지판이 보인다. 반갑다. 반가운 마음에 합장한다. 처져서 따라오는 일행에게 소리쳐 알려 주고 싶지만 참는다. 어련히 알아서 볼까. 드디어 말로만 듣던 진해 보개산 웅천(熊川) 도요지, 조선 서민의 그릇, 막사발을 굽던 가마터다.

막사발. 막 하는 말이 막말이듯 막 쓰는 사발이 막사발이다. 값이 싸고 흔해서 함부로 써도 부담이 적은 사발이다. 쓰는 사람도 부담이 적고 만드는 사람도 부담이 적은 사발, 막사발. 웅천 도요지는 막 쓰는 막사발을 양껏 구워내고 조선천지 부뚜막에 내보낸 조선의 불가마다. 조선의 뜨거운 불길이다.

아쉽게도 웅천 도요지는 터만 남은 상태다. 흙과 잡풀로 뒤덮인 상태다. 가마가 있었음직한 자리엔 밑둥치만 남은 소나무들이 끄슬린 것도 아니면서 거무죽죽하다. 가마 일을 하던 도공들은 임진왜란 때 잡히는 족족 일본으로 끌려가고 불가마도 깨어져 역사의 흙더미에 묻혀 버린다. 웅천 도요지는 역사의 흙더미에 묻혀 버린 조선의 불구멍, 조선의 숨결이다.

묻혀 버린 불구멍이라지만 불구멍은 여전히 불구멍이요 숨결은 여전히 뜨겁다. 가마터를 덮은 흙더미는 그냥 흙더미가 아니라 막사발 파편이 뒤섞인 흙더미다. 흙더미에서 열 걸음도 나아가기 전에 양손 가득 파편을 줍는다. 어림잡아도 사백 년 전에 만들어진 막사발 파편이다. 막사발 아랫부분, 그러니까 굽의 파편을 따로따로 주워 맞춰 보니 딱 맞다. 몇 백 년 만에 짝을 찾아 주었다며 일행은 눈시울을 붉힌다.

붉어지는 눈시울. 재차삼차 길을 잡아서 도요지를 찾은 이유도

조선의 막사발을 굽던 웅천 도요지 옛 가마터는 흙과 잡풀 속에 온데간데없
다. 그렇듯 막사발의 조각조각들도 흙더미 속에 파묻혀 목쉰 울음을 울고 있
었다. 그 울음이 더욱 뜨거워질 때 가마는 다시 시뻘건 불을 품을 것인가.

붉어지는 눈시울을 마음속에 담아 보려는 게 아니었을까. 영문도 모르고 끌려가면서 불가마 쪽을 돌아보고 또 돌아봤을 조선 도공의 눈시울을 마음속에 새겨 두려는 게 아니었을까. 끌려가면서도 꺼져 가는 불씨를 걱정했을 미련 곰탱이처럼 순박한 도공의 눈빛을 찾아내어 내 마음의 눈시울을 붉히려는 게 아니었을까.

일 년도 아니고 십 년도 아니고 평생을 남의 나라에서 살아야 하던 심정은 어땠을까. 부모형제, 보고 싶은 처자에게 편지는커녕 생사조차 알리지 못하던 울울한 심정은 어떻게 달랐을까. 일에 파묻히면 나아지려니 밤낮으로 구워 낸 막사발을 내 나라 갑돌이 갑순이 밥상에 올리지 못하고 철천지원수 다탁에 내놓아야 하던 올올이 접힌 그 심정을 무엇으로 폈을까.

웅천은 왜구 노략질이 뻔질나던 곳이다. 임란 때 조선 병사가 무더기로 학살당한 곳도 웅천읍성이다. 반일감정 골이 깊어서 집 안에서도 반일이고 집 밖에서도 반일이다. 신사참배를 거부하다 옥사한 주기철 목사도 진해 삼일운동 기념비 맨 앞에 이름을 올린 주 목사 사촌 주기용 선생도 웅천사람이다.

요 며칠은 비가 통 안 온 것 같은데 도요지 주변 흙이 질다. 만져 보니 미끌미끌하다. 보드랍다. 잘은 몰라도 뭔가 있는 흙인 것 같다. 일행 중 건축가인 부산민예총 이종설 부회장의 "도공이 터를 잡는 기준은 좋은 경치가 아니라 좋은 흙이다"라는 진단을 수긍한다면 조선의 도공은 비록 막사발을 만들망정 정신은 높다. 좋은 흙을 찾아서 왜구가 들락거리는 이 아슬한 비탈에 둥지를 튼 조선 도공이야말로 조선의 지고한 예술가다.

정신이 높은 예술가가 빚어 낸 막사발은 욕심을 버린 사발이다. 이종설 부회장 표현을 빌리자면 무욕의 사발이다. 잘 만들겠다는 욕심을 비우고 만들어 낸 사발이다. 잘 만들어야 된다는 부담을 덜고 만들기에 있는 그대로의 자연미가 살아 있는 사발이다. 못 만들면 못 만든 대로 쓰임새 있겠지, 편한 마음이 깃든 사발이다.

마음이 편해서일까, 사발을 빚은 사람의 손자국이 찍힌 것도 있고 사발 표면에 바르는 유약 처리도 대범하다. 좌우 대칭도 무시한다. 한마디로 막사발은 만드는 사람 마음먹기다. 만드는 사람 마음이다. 거기에서 막사발은 희소성의 가치를 갖는다. 막 만들어 조금 조금씩 다 다른 게 요즘 사람들이 막사발 막사발 하는 이유다.

딱하게도 임란 이전에 만든 조선 막사발은 조선엔 하나도 남아 있지 않다고 한다. 희한할 정도라고 한다. 막 쓰는 사발이라서 잘 부딪치고 잘 깨어지는 사발이라고는 하지만 조선천지 '빼까리' 였다는 사발이 하나도 없다는 사실이 누군들 납득이 될까. 있다면 일본에 몇 십 점 있는 정도. 그 중에는 일본 국보로 지정된 것도 있다.(이 글이 신문에 실리자 하나도 없다는 주장에 대해 웅천요 최웅택 선생에게서 도자기를 배운다는 이형열 씨가 이메일로 이의를 제기한 바 있다.)

하나도 없다는 게, 그래서 희소성 운운도 애당초 의미가 없다는 게 좀 그렇긴 하지만 홀가분하게 여기면 홀가분하기도 하다. 어차 피 욕심을 버리고 만든 사발이지 않느냐는 자기위안이다. 욕심을 부려 국보니 명품이니 부산을 떠는 섬사람 소견이 오히려 이상할 뿐. 내려가는 길, 흙이 미끌미끌해서 안 그래도 미끄러운 길이 더 미끄럽다.

거제도 외포

경매가 시작된다. 경매에 나선 사람은 다섯 사람. 옆 사람이 보지 못하도록 외투자락에 감춘 손가락을 구부렸다 폈다 그런다. 손가락 셋을 폈다 넷을 펴면 삼만 사천 원, 넷을 폈다 둘을 펴면 사만 이천 원, 하는 식이다. 낙찰되면 곧이어 새 경매물건이 나오고 다섯 사람은 손가락을 잽싸게 구부리고 편다.

경매에 나온 물건은 생선상자에 담긴 대구. 입이 커서 대구다. 저렇게 큰 대구도 있나 싶을 정도로 큰 자연산 생대구가 두 마리씩 세 마리씩 상자에 담겨 경매된다. 경매된 대구는 경매장에 붙은 어시장에 풀어져 팔려나간다. 마리당 가격은 평균 이삼만 원. 귀할 때는 십만 원을 넘었다던 생대구를 양손에 사 들고 사람들은 입이

쩍 벌어진다. 대구다.

생대구 경매장이 있는 곳은 장목면 외포리 외포항. 토박이 이름은 밖개다. 거제도 동쪽에 있는 자그마한 포구다. 빨간 등대 흰 등대가 밀뚱하게 자리 잡은 방파제가 바다 풍랑을 막아 준다. 아침나절 어시장이 열리는 장소는 흰 등대 방파제 안쪽 선착장. 갈매기는 사람을 불러들이고 사람은 갈매기를 불러들인다.

크고 작은 포구가 생기를 불어넣는 도시, 거제.

"툭 튀어나오고 쏙 들어간 구불구불한 지형 덕택에 해안선이 제주보다 길다고 하데요."

대우건설 거제 현장에서 근무하는 김진욱 대리는 거제 해안선을 늘어뜨린다. 제주보다 길다는 해안선 곳곳이 포구다. 장승포 능포 지세포 성포 율포 홍포, 또 무슨 포. 조선소가 들어선 옥포조차도 옥포대첩으로 알려진 포구가 아니던가. 거제의 하루는 포구에서 시작되고 포구에서 마무리된다.

포구는 뭍과 물의 중간자다. 완충지대다. 뭍과 물이 만나는 틈새에 끼어들어 뭍의 내닫는 기운을 누그러뜨리고 물의 몰아붙이는 성깔을 다독거린다. 사람도 몸 곳곳에 마음 곳곳에 포구가 있다. 밖의 기운을 누그러뜨리고 안의 성깔을 다독거리는 포구. 겨드랑이를 만져 본다. 허리를 만져 본다. 나의 포구는 어디에서 밖과 안을 완충하고 있는가. 나를 완충하고 있는가.

포구의 도시 거제는 예전에는 유배의 땅이다. 은둔의 땅이다. 권

력자 눈 밖에 난 이들은 타의로 또는 자의로 거제로 들어온다. 거제 크고 작은 포구로 들어와서 거제사람이 된다. 사방이 망망한 바다고 회오리바람 거센 거제. 망망한 바다는 거제사람 툭 트인 기질이다. 밤낮으로 불어 대는 바람은 거제사람 억센 기질이다. 시퍼런 물빛은 내륙으로 대양으로 생활반경을 넓혀나가는 모험적인 기질이다.

유배의 땅, 은둔의 땅 거제는 또한 복권의 땅이다. 유배가 풀렸다는 소식에 그만 숨어 살아도 된다는 소식에 동네방네 꽹과리 두들기던 땅이다. 꽹과리 두들기는 소리에 놀라 포구가 움칠거리던 땅이다. 포구로 들어온 이들 포구로 나간다. 포구는 부활이며 부활을 알리는 소리다. 쾌지나칭칭 나네이다. 동네방네 쾌지나칭칭 나네이다.

날씨가 가만히 있으니 물도 가만히 있다. 물 속 차돌도 가만히 있다. 아이 손가락만 한 물고기들만 몰려다닌다. 앞에 가는 놈이 방향을 바꾸면 모두들 몸을 틀어서 앞에 가는 놈을 따라간다. 어린 물고기들은 좀 더 크면 좀 더 넓고 좀 더 깊은 바다로 나가리라. 더 크면 더 넓고 더 깊은 바다로 나가리라. 넓을 만큼 넓고 깊을 만큼 깊은 바다를 몸 안에 담아 두고 물고기들은 돌아오리라.

"뱃속에 꽉 찬 알 값만 이만 원은 될 끼구만."

대구 장사치 허풍이다. 배가 통통하고 무게깨나 나감직한 대구다. 마을 어른인 듯 지나가던 노인네가 듬직한 대구를 이리저리 찔

"뱃속에 꽉 찬 알 값만 이만 원은 될끼구만."

대구 장사치의 너스레다. 자그마한 포구 외포에 배가 통통하고 듬직한 대구들이 누웠다. 성성하게 누운 대구의 흰 배처럼 외포는 물 속 차돌이 훤히 들여다보일 정도로 물 맑은, 반짝이는 포구다.

러 본다. 들기도 버거운 대구를 보니 감개가 무량타는 표정이다. 한 마리에 십만 원을 호가하던 자연산 생대구가 이삼만 원 정도로 떨어진 이유는 딱 한 가지. 많이 잡히기 때문이다. 씨알 좋은 대구가 지금 거제도 앞바다에서 호박넝쿨째 올라오고 있다.

대구 치어 방류사업이 시작된 건 1980년대 말. 임금님 수라상에 올랐다는 거제 대구가 뜸하게 잡히자 80년대 말부터 매년 정월 한 달을 외포 바다에 치어를 풀었고 그 치어들이 자라서 돌아오고 있다고 거제시청 해양수산과 직원은 자랑한다. 칠팔 킬로그램이 넘는 큰 대구를 '누룽이'라 하는데 외포 어시장에선 누룽이가 흔하다. 생선상자에서 번쩍 들어 올린 누룽이, 몸통이 반지랍다.

흥정이 붙는다. 큰 걸로 한 마리 이만 원에 주든지 그보다 조금 아랫것 끼워 두 마리를 삼만 원에 주든지 하란다. 파는 사람은 모래 씹는 표정이다.

"알 값만 해도 이만 원인디…"

말꼬리를 흐리는 걸 보니 밑지고도 팔 눈치다. 생선 파는 사람이 좀 안됐다는 생각이 들어서 그랬는지 흥정은 붙이라는 말이 생각나서 그랬는지 나도 모르게 불쑥 참견한다.

"아따, 오천 원 더 줘도 되겠네."

마산 중앙부두

잔잔하다. 바람도 잔잔하고 바다도 잔잔하다. 바다에 떠 있는 통통배 한 척, 잔잔하다. 마산 중앙부두 앞바다. 정박한 배를 묶어 두는 쇠말뚝 다섯 개 여섯 개 선창가에 박혀 있고 쇠말뚝에 묶인 배는 고작 통통배 한 척. 중앙이란 말이 무색한 부두지만 이 부두 이 앞바다가 한국 민주화 진원지다. 민주화의 중앙이다.

  1960년 4월 중순. 일간지에 실린 사진 한 장이 한국을 뒤집는다. 이승만 독재정권을 뒤집는다. 사진을 찍은 사람은 부산일보 마산 주재 기자 허종. 허종 기자가 사진을 찍은 장소가 이 중앙부두 선창가다. 네 번째 말뚝쯤에서 찍은 사진 한 장이 한국사회를 들끓게 한다. 펄펄 들끓게 한다.

문제의 사진 주인공은 김주열. 당시 17세 마산상고 신입생 김주열 시신이 중앙부두 세 번째 말뚝 앞바다에 떠오르고 이 장면이 찍힌 사진이 일간지에 실린다. 시신은 참혹하다. 어떻더라 말하기에도 진저리나는 참혹한 모습이다. 참혹하고 참혹해 보는 이의 가슴을 도리깨로 두드린다. 쇠방망이로 두드린다.

　　김주열 사진이 사진을 찍은 다음 날인 4월 12일 부산일보에 실리자 부산에서도 시위가 벌어진다. 학생들 가슴을 마구 두드린다. '주열이를 살려내라.' 학생들 순정한 가슴을 마구마구 두드린다. 이 사진은 AP통신 전파를 타고 세계에 알려진다. 세계에 알려져 세계의 가슴을 두드린다. 세계의 가슴이 이승만 정권에 등을 돌리게 하고 이승만 지지자인 미국조차도 등을 돌리게 한다.

　　김주열이 행방불명된 날은 같은 해 3월 15일. 마산의거일로 불리는 바로 그날이다. 마산시민에서 나이 어린 남녀 중고생까지 이날 치러진 선거가 부정선거라며 들고일어난다. 당국은 소방차를 동원해 시위 군중에게 물기둥 세례를 퍼붓는 것도 모자라 최루탄을 쏘는 것도 모자라 실탄을 발사한다. 마산의거 1차 항쟁이 일어난 이날 총을 맞고 사망한 사람만 11명. 대부분 학생이다. 그중 한 학생이 김주열이다.

　　경남대 전신인 해인대학에서 학생을 가르치던 시인 김춘수는 1차 항쟁을 시로 남긴다. 시로 항쟁한다.

남성동 파출소에서 시청으로 가는 대로상에서

이었다 끊어졌다 밀물치던

그 아우성의 노도를…

너는 보았는가… 그들의 애띤 얼굴 모습을…

뿌린 핏방울은

베꼬니아의 꽃잎처럼이나 선연했던 것을.

<국제신보> 1960년 3월 28일

  3월 15일 밤 마산시청 앞 시위에서 최루탄을 맞고 사망한 김주열은 행방불명이 된다. 시신을 트럭에 싣고 가더란 얘기가 나오고 손수레에 싣고 가더란 얘기가 나오지만 시신 행방은 묘연하다. 마산시청 뒤 연못물을 퍼내고 야산을 뒤진다. 시민들이 나서서 근한 달 가까이 수색작업을 펼친다. 김주열 어머니 권찬주는 아들 책가방을 들고 시내를 배회하며 자식을 찾아달라고 읍소한다. 오열한다.

  드디어 운명의 날 4월 11일. 김주열 시신이 이날 중앙부두 앞바다에 떠오른다. 돌을 매달아 바다에 던져 버린 김주열이 떠오른다. 진정국면에 접어들던 마산의거는 불이 붙은 도화선마냥 발화지점으로 치닫는다. 김주열 시신이 도립마산병원 영안실로 운구되자 격노한 군중 수천 명은 부두에서 병원까지 애국가를 부르며 뒤따라가 시신을 내어놓으라고 울부짖는다. '살인경찰을 잡아라!' 눈

물을 쏟으며 핏물을 쏟으며 가두시위에 돌입한다.

급기야 2차 항쟁이 발발한다. 1차 항쟁이 외관상 하루 만에 막을 내린 반면 2차 항쟁은 김주열이 떠오른 날부터 사흘간 마산을 무정부상태로 몰아넣는다. 경찰서와 파출소 유리창이 깨지고 시청 투표함이 박살난다. 사망자가 또 나온다. 17세 철공소 직공 김영길이다. 남녀 중고생이 합류하고 대학생이 합류한다. 구경하는 사람이 합류하고 지나가는 사람이 합류한다.

'이승만 정권 물러가라!' '정·부통령 선거 다시 하라!' 도로란 도로는 시민들 함성으로 뜨겁다. 불탄다. 불타는 도로를 식힐 양 사흘째 날은 아침부터 비가 내리지만 이 비는 식히는 비가 아니라 함성을 단단하게 담금질하는 비가 된다. 비는 물을 이루고 내를 이루어 메마른 땅 곳곳으로 스민다. 스며 메마른 풀뿌리를 깨운다.

2차 항쟁 불길이 꺼지고 이틀 후 마산의거는 경향 각지를 깨운다. 깨워서 횃불을 붙인다. 횃불을 높이 든다. 횃불 아래로 너도 나도 모여들고 횃불은 하늘까지 닿는다. 지방 소도시 마산에서 불붙은 횃불은 마침내 '피의 화요일' 4·19로 치솟아 잘못된 것 그릇된 것을 태운다. 독재정권을 태우고 독재정권 끄나풀을 태운다. 독재정권을 태우고 독재정권 끄나풀을 태운 횃불로 마산은 한국 민주화의 진원지가 된다. 민주화의 중앙이 된다.

마산의거 사망자는 12명. 사망자가 이 정돈데 부상자는 어련하랴. 사람답게 살아 보자고 외치다가 잡혀가고 잡혀가서 고문당한

중앙부두 전경.

오른편 선착장에 쇠말뚝이 박혀 있고 왼편 철조망 앞에 김주열 시신이 세 번째 말뚝 쯤에서 인양되었다는 표시판이 보인다

이는 또 어련하랴. 죽지도 않고 다치지도 않고 잡혀가지도 않았지만 마산의거를 속에 품고 사는 마산시민은 또 얼마나 어련하랴. 마산시민에게 마산의거는 아직도 당대 일이다. 남편이 아내가, 아버지가 어머니가, 할아버지가 할머니가 모두 당사자이다.

마산에서는 의거를 겪지 않은 젊은 세대도 마산의거 당사자다. 어디에서 무슨 일이 있었는지를 어디에서 집결해 어디로 몰려갔는지를 건물을 가리키며 도로를 가리키며 의분을 감추지 않는다. 의거 현장 길안내를 맡아준 김재홍 시인도 의거를 겪지 않은 세대지만 역사의 현장을 눈앞의 현장인 양 짚어 낸다. 마산의거는 완료형이 아니라 현재진행형이다. 마산이 가진 저력이고 한국이 가진 저력이다.

통통배 한 척, 두 번째 말뚝에 매여 여전히 잔잔히 떠 있다. 바다도 잔잔하고 바람도 잔잔하다. 중앙부두를 굽어보는 무학산, 잔잔하다. 이 모두를 품고 있는 마산, 잔잔하다. 언제 격랑이 있었냐는 듯 잔잔하다. 격랑에 온몸으로 부딪치고 나서 잔잔해진 이 모두들. 양은냄비 끓듯 쉽사리 끓는 나를 돌아본다. 나는 격랑에 온몸으로 부딪쳐 본 적이 있는가. 단 한 번이라도 있는가.

고성 대가저수지

다가가자 달아난다. 청둥오리다. 청둥오리 떼다. 서너 마리씩 네댓 마리씩 몰려다니다가 사람 기척이 들리자 저수지 가운데 쪽으로 달아난다. 두 다리를 모아서 힘차게 퍼덕이며 달아나는 놈, 영문도 모르고 덩달아 달아나는 놈, 마지못해 달아나는 시늉만 하는 놈, 달아나는 모습은 제각각이다.

물가 수양버들은 앙상하다. 수양버들 그늘도 앙상하다. 앙상한 그늘이 물위에 드리워 있다. 좀 전에 청둥오리가 몰려다니던 자리다. 청둥오리는 달아나고 청둥오리가 다니면서 이리저리 그어 놓던 물금도 말짱 사라진 적막한 수면. 수양버들 그늘이 더 앙상해 보인다. 수양버들이 더 앙상해 보인다.

해는 기울어 능선이 빨갛게 익었다. 물결이 흔들리고 흔들리는 물결을 따라 갈대가 한쪽으로 머리를 눕히고 있다. 바람이 가는 그 길이 마음이 가는 길이다. 길이 보인다. 이제 그 길을 따라 사람들 사이에 스며들리라.

그나마 생기가 있어 보이는 건 갈대다. 내일이나 모레쯤 제법 많은 눈이 내릴 것 같다고 예보하는 이 한겨울에 갈대라고 해서 별 생기가 있겠나마는 생김새만큼은 온전하다. 줄기 끝에 이파린지 시든 꽃인지가 바람에 날리는 모습이 한창 때 갈대와 다를 바 없다. 갈대가 날리면 수면도 따라서 날리며 물살을 만들어 낸다. 적막한 수면에 그나마 생기를 주는 건 갈대다.

제법 너른 저수지답게 섬도 보인다. 무슨 거창한 섬은 아니고 떠내려 온 토사가 수심 낮은 곳에 재여서 물 위에 드러난 정도다. 섬은 사방팔방이 물이지만 사방팔방이 물이기에 섬은 돋보인다. 섬은 고립이자 안식이다. 물질이 지치는지 청둥오리 몇, 섬에 올라 움직임을 멈춘다. 움직임을 멈추고 청둥오리도 섬이 된다.

섬을 찾아다녔던 적이 있다. 찾아가서 한 사나흘 움직임을 멈추고 싶었던 적이 있다. 섬이 되고 싶었던 적이 있다. 나도 지쳤던 것일까. 나를 지치게 한 게 무엇인지는 어렴풋해도 그때가 나에게는 고비였지 싶다. 섬과 섬 사이를 옮겨 다니며 그어 놓던 물금은 고비를 헤쳐 나가는 물질이었지 싶다.

햇살을 받아 반짝이는 수면은 아까의 절반도 채 안 된다. 담요를 둘둘 말기라도 한 듯이 저수지 저쪽으로 밀려나 있다. 햇살을 받는 저쪽 수면은 여전히 반짝이는 반면 햇살이 걷힌 이쪽은 물색이 거멓다. 청둥오리도 거멓고 앙상한 수양버들도 거멓고 갈대도 거멓다. 물가에 서 있는 사람도 거멓다.

수면이 날리면서 만들어 낸 물살이 몰려가는 곳은 저수지 긴 둑. 한쪽으로만 몰려가는 물살이 조금은 불만스럽다. 하지만 저수지 둑은 그런 데는 애초부터 마음을 두지 않는다. 의연하다. 물살을 다 받아 낸다. 다 받아 내고도 의연하다. 둑 아래 돌 틈 사이로 물살이 스며든다. 돌과 돌 사이에 스며들어 물살은 비로소 찰랑거림을 멈춘다. 평정을 찾는다.

저수지. 저수지가 있어 힘들게 보낸 내 나이 사십 무렵. 저수지가 있어 버텨 낸 사십 무렵. 고만고만한 일상에서 벗어나라고 부추기는 충동질이며 건드리기만 하면 터질 것 같은 성정을 누그러뜨리는 다듬질이던 저수지. 그 무렵 쓴 시 「저수지」 구절구절은 아직도 마침표를 찍지 못한다.

…수문을 열겠네 잘 가거라 유년아 성가신 청년아 깃발처럼 팽팽하게 펄럭이던 격정아 작별은 언제나 짧네 기약하지 않네 물살에 실려 하염없이 멀어져 가네

수문은 저수지 둑길이 끝나는 곳에 있다. 둑길을 걷는다. 폭신하다. 황톳길이다. 둑길을 걸으면, 사람은 둑길을 걸어 보며 살아야 한다는 생각이 든다. 이리 보면 물 저리 보면 땅, 그 위태로운 경계에 서서 평생에 한 번쯤은 두 번쯤은 펑펑 울어 봐야 한다는 생각이 든다. 세상의 경계에 자신을 세워 봐야 한다는 생각이 든다. 자

신이 세상 경계가 돼서 외롭고 비장한 결단을 내려 봐야 한다는 생각이 든다.

드디어 수문. 이 수문을 열면 저수지 물이 빠져나간다. 먼저 온 물은 먼저 빠져나가고 뒤에 온 물은 뒤에 빠져나간다. 먼저 빠져나가려고 다투지 않는다. 뒤에 빠져나가려고 미루지 않는다. 수문을 빠져나간 물은 고성의 논을 적신다. 높은 데서 낮은 데로 망설이지 않고 내려와 고성을 적시고 고성사람을 적신다.

수문 근처에, 그러니까 둑길 끝에 기념비가 하나 있다. 일제 때 농사일을 도맡던 수리조합이 고성에 설치된 것을 자축해 일본인이 주축이 돼 세운 비다. 일제는 식민지 조선 곳곳에 수리조합을 만들고 곳곳에 저수지를 만들어 물을 다스린다. 천하지대본, 농사를 다스린다. 비 앞면에는 물의 혜택이 천년을 간다는 '水澤千秋(수택천추)'가 천연덕스럽게 각자돼 있고 비를 세운 이력이 꼬물꼬물 적혀 있다. 비를 세운 연월일도 보인다.

芳名(방명). 향긋한 이름. 뒷면에는 방명이라 하여 경남도지사니 고성군수니 높은 분들 일본 이름이 향긋하다. 그러나 긁혀서 낱낱이 지워진 이름이다. 물의 혜택이 골고루 나눠지지 않고 한쪽으로 몰린 탓에 지워진 이름이다. 저수지 덕택에 쌀을 더 걷게 된 건 좋은데 걷은 쌀을 거진 일본으로 빼돌린 탓에 지워진 이름이다. 일본으로 빼돌리고 이 나라 이 땅 민초들은 고개고개 보릿고개를 허덕이며 넘어야 한 탓에 지워진 이름이다.

지워진 이름은 마음을 무겁게 한다. 지워진 명분이야 어쨌든 마음이 무겁다. 이름을 지키는 일이 얼마나 지난한가를 새삼 돌아보게 한다. 사람은 가도 흔적은 남는 것. 세월은 가도 사람이 남긴 흔적은 천추에 남는 것. 그러나 세월은 무섭다. 사람도 사람이 남긴 흔적도 세월을 이기지 못한다. 사람에게서 얻은 아픔도 상처도 세월을 이기지 못한다. 그럴 수만 있다면 수문을 열리라. 수문을 열고서 아픔도 상처도 물살에 실어 보내리라. 그러리라.

다가가자 달아났던 청둥오리가 내 동정을 살피며 다가온다. 이쪽 물가에 숨겨 둔 뭔가가 있는 눈치다. 이제는 내가 달아날 차례다. 수양버들을 한 번 더 보고 수양버들 그늘을 한 번 더 보고 갈대를 한 번 더 본다. 섬도 한 번 더 본다. 저수지 저쪽에서나마 반짝이던 수면은 그새 거멓다. 이제는 달아나자. 달아나서 사람 틈에 스며들자. 돌과 돌 사이에 스며드는 물살처럼 사람과 사람 사이에 스며들자.